到處存在的場所 到處不存在的我

どこにでもある場所とどこにもいないわたし

村上龍

Murakami Ryu

張致斌　譯

〔推薦〕

疲憊與希望

作家／張惠菁

車票被吸進地鐵站收票機時，會發出嗖的聲音吧。自動門開啓的時候呢？早上醒來聽見的第一個聲響（是來自腦中的，還是外界的），坐在咖啡店裡時從隔壁桌傳來、穿著鱷魚牌polo衫中年人的談話內容呢？許許多多，不停下來注視或傾聽，就在下一秒鐘怎麼也回想不起的，那些瑣碎的感官訊號。日常生活不正是由這些微末的聲音、影像、資訊所構成的嗎？許多人從身邊走過了，你並不記得他們的臉。只要稍微換個角度想，就知道自己也是，那樣全然不被看見地從他人身邊走過。

一個下午我在捷運站裡看見一個女孩對著手機氣憤地吼叫，暴露外顯的情緒使她從漠然走過的人流裡被排除開來。她眞是完全控制不住啊。沉默之河裡一座不斷發出噪音的孤島。她好像是在尖叫。但稍微走遠幾步，她的聲音就被這捷運站裡更多更恆定無機質的音響（電車進站前的警示音，電扶梯運轉的聲音……）給掩蓋了。

村上龍的短篇小說集《到處存在的場所　到處不存在的我》裡，描述一段在餐館裡錄下來的聲音。從談話的聲音可以判斷有幾個人，從筷子或湯匙碰觸盤碟的聲音可以判斷菜餚的數量……那是一個辨認與還原的過程，需要細膩地解讀，然後重建爲發生的場所。單靠聲音線索重建現場聽起來很複雜，因爲吃飯這我們每天進行的行爲，其實本身就是複雜的（夾菜，咀嚼，交換眼神，說適當得體的話，或說不適當得體的話然後挨白眼……），我們每天毫不思考地進行著這麼複雜的機轉，不以爲意。反而是一旦做不到，就像是小說中參加婚宴的怜，「覺得自己很奇怪，爲什麼會不善於應付這種場合呢？」落單了似的，自我清算著哪裡做錯了。文明社會的場所可以具有這麼專制的力量，使融不進節拍的人，在光潔的秩序裡自慚形穢。

所以大家才在不知不覺間都累了吧。一種巨大的疲憊，充斥在村上龍這本短篇小說集裡。類似那種無機質的背景聲音，掩蓋了任何在背景前發出點什麼聲響的企圖。既是社會集體的疲憊，也是小說家自己的疲憊。當溝通變得艱難，人們失去再嘗試一次的力氣，疲憊遂變成所有人唯一共有的經驗。已經無話可說的戀人們、父親與兒子、歐吉桑與女高校生、應召女郎與客人，他們之間共同的情感就是疲憊。在其中疏離的人們終於弔詭地有了共同點。

我想這本小說裡寫的，就是這許多被疲憊包裹的人。他們被切分，隔離在各種瑣碎的場所裡。由於浸泡在共同的疲憊之中，才有了一點點互相了解的機會。

伊比鳩魯認爲人之所以有許多焦慮與不安，「疾病的根源是在容器本身」，也就是人自己身上。但是場所作爲裝載人的容器，卻也加劇著疾病的症狀。村上龍筆下的角色們，都有他們被社會賦予的場所，卻懷抱著不被場所容器接納的夢想。即將結婚的女孩爲自己想畫畫，想去梵谷居住過的城市旅行而不安。三十三歲離了婚從事特種行業的女性，覺得自己不適合去爲被地雷炸傷的人們製作義肢。上班族女子本該和公司同事或朋友一起歡度耶誕夜，卻想念著有婦之夫的情人而去了陌生人的派對。

當夢想（好昂貴的字眼啊！）扞格著被指派的角色，個人怎樣才有足夠的勇氣，挺身抗拒場所呢？當前台燈光都已經就位，演員要怎樣才能走到舞台中央，無視於那些等著他接下一句台詞的同台者，面向一屋子驚愕的觀眾說：「不，今天要演的戲不是這樣，我要重來。」還是，我們感覺自己在配合場所的扮演裡，耗盡了力量，以致於選擇繼續、無盡地，將這台不知由誰導演的戲演下去了。

書中的一個角色，對一向施加著規範的父母親，不無憐憫地這樣評價道：「由於一直待在家裡待在百貨公司待在學校，才會完全不知道世界上的其他地方發生了什麼事。」原來那些規範我們的人，他們自身也是場所專制力量的受害者。他們並不比我們更了解世界的構成，並不比我們有更多的希望，更少的絕望。他們試圖教導我們的眞理，其實只是他們在自己被制約的、狹隘窄迫的場所裡嘗到的那麼一點點，世界的滋味。但那並不表示我們贏了，只是大家（包括我們自己）都在場所面前一敗塗地地輸了。認識到場所的專制，想要超越場所（哪怕只是一小步），是這些平凡的角色，幾乎要變得不平凡的一刻。

村上龍在後記裡說道：他想將希望寫進小說裡。我想原來，當這位小說家摹寫森冷的世界時，他其實是期待著療癒的。他其實是位疲憊的小說家了。只是我們依然在文字中感覺到他試圖傳導的體熱。他還沒放棄希望。

目錄

便利商店

我終於明白，
真正能夠作為支撐的東西就只有自己的思考能力而已。
如果不到各地去看看、不閱讀各種書籍、不聽音樂的話，
就不可能發展出自己的想法。

迅速環視店裡一周，除了我之外還有七名顧客。有一位是老人，一人是與我年紀相仿、學生模樣的戴眼鏡青年，第三人與第四人是穿著工作服的歐吉桑，第五人與第六人是住在附近的家庭主婦，最後一人則是背著書包的小學生。小學生正在打量手中拿著的三明治，一隻手拿著雞蛋三明治，另一隻手拿著鮪魚三明治。我呢，剛從置於收銀櫃台邊的四角形關東煮鍋以及放有肉包和豆沙包的玻璃櫥旁通過，朝著被日光燈照亮的生鮮食品區走去。由於只是迅速打量店裡一遍，並不確定其他顧客是不是眞的有七個人，說不定是八個人，也說不定有十一個人。由於隔著賣場中的貨架，想要仔細環視整個店內是不可能的事情。

牛奶、優酪乳以及咖啡歐蕾等等乳品飲料排列在開放式的扁平冷藏架上。老人正站在那一區的前面。與我年紀相仿、學生模樣的戴眼鏡青年，從我的視野中消失了，可是他並沒有離開這家店。客人從店裡出去的時候，自動門會發出開啓關閉的音響，那種聲音與其他任何聲音都不類似，在平常會聽到的聲音之中也算具有容易辨認的特徵，自我進來店裡之後還不曾聽過那聲音。所以，即使是目前不在我視野中的人，大概也沒有哪一個走出店外去。

一名店員手持比行動電話大一號的機器，慢慢走到下酒菜的架子前面。一面點數花生、牛肉乾、燻製魷魚的數目，一面用一枝筆狀物碰觸螢幕，似乎在確認商品數量。由於是在非例假日的白天，店員的人數比較少。另一名店員正在收銀機前，將找錢用的圓柱狀硬幣紙捲剝開。大量的一圓硬幣從圓柱狀紙捲中掉進收銀機裡，其中還有好幾枚撒落到櫃台上。

背後傳來談話聲，我猜是身穿工作服的那兩個歐吉桑在談話吧。是男性的聲音，而且感覺又不像是發問或是打招呼，是兩個彼此認識的男人的對話，可能進行這種對話的，除了身穿工作服的那兩名歐吉桑之外不做他想。「世界遺產」這幾個字傳進我耳裡。這幾個字的前後都聽不清楚，所以不知道兩個歐吉桑到底在談些什麼。兩人正在店裡靠內側杯麵與寶特瓶飲料的通道上，朝收銀櫃台走去。有一種杯麵，只要將杯蓋寄回就可以獲得世界遺產的卡片。我猜他們是買了那種杯麵吧。

牛奶的種類非常多。我想買的是經過低溫殺菌，而且要低卡路里的。老人正站在盒裝牛奶的貨架前面。無法判斷出他的年紀，只知道已經有相當歲數了。身穿顏色鮮豔的毛線背心，燈芯絨長褲，腳上是一雙看不出品牌的網球鞋。網球鞋的鞋帶骯髒，橡膠鞋底也已經磨損。購物籃掛在彎成L形的左手臂上。籃子裡的東西有電燈泡、週刊雜誌以及魚肉臘腸。爲了要讓保護電燈泡的四方形厚紙盒套具有彈性，厚紙上壓有規則的波浪紋。電燈泡的一部分從紙套的一端露了出來。毛玻璃的球面從沒有蓋子的紙盒套裡露出，可以看到球面上印有100還是60的數字以及英文字母V和W。

那燈泡被放在週刊雜誌的上面，擋住了雜誌封面上女人的臉。女人穿著無袖的衣服，擺出了兩手向前伸出的姿勢。我對於那女人搽了什麼顏色的蔻丹很感興趣，可惜老人將籃子換到了右手臂，沒有辦法加以確認。他的右手伸向手肘處彎成L形的左手臂，以食指、中指和拇指穿入提把的下面將籃子提起來。籃子移到了右手，靠本身的重量從手腕往手肘方向滑過去。

老人的左手正要伸向優酪乳的時候，店裡突然響起女人的笑聲。老人的左手就維持那個樣子不動，腦袋微微向笑聲傳來的方向轉去。笑聲是兩人同行的家庭主婦發出的，但隨即就停了。高中畢業之後，我進了一家錄音室上班。起初負責的是採集音效的工作。將打雷、突然颳起的強風、鳥鳴等等自然界的聲音，還有群眾的笑聲、鼓掌或是喧鬧聲等等編輯製成CD。我曾經帶著數位錄音機，前去錄製群眾的笑聲。有許多不同的場合。前往喜宴會場、酒館、曲藝館和電視台的攝影棚等地點錄音。這份工作開始於四年前，我十八歲的時候。我體認到，「笑」這種行為經常是突如其來，爆發式出現的。不過，光是聽到笑聲，並沒有辦法知道人們當時是為什麼發笑。在錄音室裡整理錄回來的笑聲時，我想起了小時候的事情。

當時我正讀幼稚園大班，祖母因為腦溢血而病倒。前往探病時，祖母正用收音機聽著脫口秀之類的節目。由於只聽到耳機傳出的細微聲響，我無法判斷那到底是脫口秀、相聲，還是穿插笑話的談話節目，不過可以聽見大群人的笑聲。從塞在耳孔裡的耳機隱約傳出，聽起來就好像雛鳥的叫聲一樣，五歲的我這麼覺得。雖然我並不知道是否真有會發出那種聲音的鳥存在，但是當時就是那麼覺得的。

每當那微小的聲音響起，祖母的表情就會放鬆下來。祖母全身的神經雖然大部分都已經麻痹，可是大概還懂得「笑」是什麼吧。那聲音是不規則地突然間傳出來的。在這之間，我越來越能夠肯定祖母在等待那聲音。當時祖母的右半身完全麻痹，當然也沒有辦法說話、沒有辦法筆談，也沒有辦法搖頭或是點頭。能辨得到的只有閉上或是睜開眼睛而已。我望著祖母的眼皮。一直微微顫抖著，每當耳機傳出笑聲時那顫抖就會停止，眼睛緊緊閉起來，要不然就是一瞬間睜得很大。

他人的笑聲是帶有暴力性的。兩個家庭主婦的笑聲傳來時，站在我眼前的老人那伸向優酪乳的手便停止了動作，老人把頭轉往那笑聲發出來的方向，但是在正對著對象之前又停止了頭部的動作。老人的臉轉到乳品飲料櫃與發出笑聲的方向大約中間一帶時停了下來，接著老人的表情起了變化，想必是覺得不太舒服吧。在自己不知道的地方發生了某些事情，而那化爲笑聲傳向他。自己與那事情並沒有關係，那笑聲並不是要傳給老人的某種信號。老人雖然還不至於會去懷疑自己是否被嘲笑，但也不知道那兩個家庭主婦爲什麼發笑。那笑聲，與從這家便利商店外面經過的救護車警笛聲不一樣。救護車的聲音是發生在外面世界的事情，兩名家庭主婦的笑聲則不能說全然是外面世界的事情。

因爲是連接收音機的耳機傳出來的人聲與笑聲，才讓祖母能夠安心，表情也爲之放鬆。如果笑聲是在病房裡響起的話，可能會造成緊張吧。收音機和電視則令人放心。就算電視螢幕裡有藝人可能會被鱷魚吃掉，也因爲一開始就明白那是與自己無關的事情而不至於緊張，而且自己也能夠隨著電視傳出來的笑聲一同發笑。不過，若是在與自己有關的地方聽到笑聲，情況可就不是如此了。看著電視播放的綜藝節目時，如果房間裡突然傳來朋友或家人的笑聲，可是與綜藝節目的內容無關的話，大概任誰都會緊張吧。

如今站在面前的老人到底有多緊張，我並不知道。要從老者的臉上判讀出表情是一件困難的事情。老人的左手靜止在臉與乳品飲料櫃的中間。老人的臉顯得有些不安，又像是有些難爲情，稍微變換一下角度，看起來似乎又在微笑。嬰兒與幼兒的表情很容易明瞭，老人的臉則很難解讀。嬰兒臉部的皮膚緊繃，所以很容易看出變化。若是不容易看出變化的話，母親便無從掌握餵奶或是抱起來哄逗的時機。嬰兒與幼兒必須能夠藉著臉部些許變化來表示自己的不舒服才行。可是老人就不是這樣了。負責看護老人的人想必很辛苦吧。據說癡呆症的老人會回復成幼兒，可是他們會變成的是表情很難解讀的幼兒。要照顧表情很難解讀的幼兒大概不是件簡單的工作，或者應該說很辛苦；負責照護癡呆症老者的人，一定得持續注意那難以解讀表情的臉，什麼時候會明顯地笑或是明顯地哭。我覺得自己是受不了那種工作的。

兩名家庭主婦正從雜誌架與化妝品架之間的通道，往陳列生理用品與絲襪的架子所在的方向移動。雜誌架與杯麵貨架之間的空間，設有塡寫宅急便預約表格的檯子以及一直開著的顯示器螢幕，螢幕中正播放著音樂錄影帶的剪輯片段。顯示器的頂上放著紙牌，上面寫著「可由終端機下載播放中的音樂」。在黑漆漆的畫面中唱著歌的，是一個我不認識的樂團。兩名家庭主婦笑聲的音量比那個樂團的音樂還大。她們應該是因爲與老人無關的話題而笑的吧。可是，或許老人會懷疑是自己令人發笑也不一定。我們可以把任何東西當作發笑的對象。我們可以去笑一個人、一隻狗或是一隻黑猩猩，但是卻不可能去笑一隻蟲。

與我年齡相仿、學生模樣的戴眼鏡青年從零食點心的貨架那邊露出臉來。長髮，略胖。左手伸向巧克力球，用右手撩開垂在眼前的頭髮。他是不是會在打工的地方或是哪裡被別人欺負呢？我心想。會遭欺侮的人，差不多從模樣就可以看出來。國中的時候，有個被周圍的人當成蟲子對待的男孩子。我也把他當成蟲子對待。上課點名的時候，那小子也被規定只能用蟲子叫的聲音回答。要喊那小子的名字時，我們都會蹲下去對著地面喊。只要有人喊那小子的名字並且跺腳，那小子就必須發出好像被踩死一樣的呻吟才行。但是，那小子如果眞的是一隻蟲的話，我們並沒有辦法取笑他。他之所以會被取笑，是因爲明明是一個人卻被當成蟲子對待。受到嘲弄的時候，他自己也會跟著一起笑。但是自某一個時間開始，那小子的臉就越來越扭曲了。我們這才明白，遭受欺侮的人，表情會越來越扭曲。

被當成蟲子對待的那個同學，神經與臉部的肌肉大概沒有辦法協調得很好吧。用左手抓住巧克力球的那個微胖青年剛才打了個呵欠。我站在乳品飲料櫃的前面，而老人正要用左手去拿優酪乳。身穿工作服的歐吉桑往收銀櫃台走去，兩名家庭主婦則正在生理用品與絲襪的陳列架前面移動。小學生的雙手分別拿著雞蛋三明治與鮪魚三明治，考慮該選哪一個。店員之一正在清點下酒菜貨架上的商品數量，另一人則在撿拾撒落櫃台上的一圓硬幣。

剛去錄音室上班沒有多久的時候，技師大哥曾經做了個實驗給我看。試著一面聆聽從中華料理店的某一桌錄下來的聲音，一面想像在那一桌進行的行爲，技師大哥說。播放的錄音長度大約四十秒，我首先想像圍著這張餐桌的人數。從談話的聲音來判斷大概是六至八人，菜餚的數目則藉由筷子或湯匙與盤子碰觸的聲音來判斷。

在中華料理店裡圍著這張餐桌吃飯的人，技師大哥說，事實上，正進行著令人難以置信的複雜判斷與行爲。某個人，假設是A先生，A先生首先會決定要吃放在旋轉桌上的哪一道菜，假設那是咕咾肉好了，然後旋轉桌面將咕咾肉轉到自己面前來，手伸向那盤菜，實際將那盤子拿在手裡，移向自己的碟子，確認一下其他人，例如B先生或C先生是不是想吃咕咾肉，將桌面旋轉到那邊去。同時了解一下大家目前主要的話題，想一想自己是否能夠加入那個話題，自己有沒有適合那個話題的事情可以講，考慮打開話匣子的時機，並且進一步考慮該對哪個人談起那事情。A先生張開了嘴，但那是要吃咕咾肉，抑或是講出想到的事情，腦袋裡業已下了決斷，有時候還會兩者同時進行。換句話說，就是用筷子夾起咕咾肉中的豬肉、洋蔥或是青椒，將那送進口裡，開始咀嚼，同時對著B先生、C先生或D先生，開始說話。咀嚼食物這種行爲以及將食物呑嚥下去的行爲，就神經系統的運作來說也完全是兩回事。此外，負責對談話對象做出反應——是該笑抑或進行思考的神經和肌肉的運作，與咀嚼時運動下顎令食道打開呑嚥食物的神經和肌肉的運作，也隸屬完全不同系統。只要專注於聲音上就會明白這一點。我們幾乎是在不自覺的狀態下同時處理非常困難的事情。想要以目前尙屬幼稚的電腦科技製造出這樣的機器人是不可能的事情。除此之外，比方說沉重的壓力一直持續的話，我們平常能夠順利進行的複雜連鎖動作與生理活動就會出現毛病。在非常緊張或是驚惶之後，我們就會沒辦法好好地笑。此外，處於嚴重的不安狀態下，不但會沒有辦法正常分泌唾液，連吞嚥也會發生困難。

我的父親曾在一家位於東京與埼玉交界的百貨公司上班。父親出身於中部地方的一處觀光地，從都內一所沒沒無聞的私立大學畢業之後沒有回老家去，而是進了百貨公司當職員，年過二十五之後娶了一個好像隨處可見的女人，然後生下哥哥和我。我出生長大的城鎮是個典型的新興住宅區，車站前有銀行、百貨公司和超級市場，排列在街道旁的是小鋼珠店、中古車行以及速食店等等。如今我來買牛奶的這家便利商店所在的地點，位於車站前的商店街與周邊住宅區相交處。

小時候，我一直被拿來與哥哥相比並且經常遭受責罵。哥哥與父親很像，個性認眞，讀書很用功。小學就開始去上補習班，可是依然沒有通過東京私立中學的入學考試，只好進入地方上的國中就讀，然後升上本地的升學高中，結果卻和父親一樣上了一所不入流的私立大學。大學念了半年就休學，在家裡無所事事。既沒有準備重考，也不打算就業。剛滿二十歲沒多久時交了一個比自己大五歲的女朋友，隨即住進女方位於池袋的公寓開始同居，可是不到一年就又分手，自己跑去豐島園附近的一家酒館當酒保，如今依然在那家店工作，調調酒，將花生或米果裝在小碟子裡。

我是個不愛讀書的孩子。從小就體弱多病，不論念書、運動或是其他任何遊戲，沒有一樣在行的。國中的升學指導，老師也建議我選擇吊車尾的學校。你什麼也不會，還是盡早放棄人生比較輕鬆，老師對我說類似這種意思的話。不只是那個老師，在我的記憶裡，好像全世界都對我這麼說。哥哥和我相差三歲。我念高中的時候，經常去哥哥位於池袋的公寓過夜。哥哥自從大學休學之後就變了一個人，變得善解人意。哥哥的女友在鴨巢的風月場所上班，很晚才會回來，所以我們兄弟倆會對酌到深夜，邊喝啤酒邊聊各種話題。「我被騙了！」是哥哥的口頭禪。

上了大學之後發覺自己被騙，可是已經太遲了。回想國中的時候，我曾經去老爸上班的百貨公司，靜靜地在家具賣場觀察他到底是在忙些什麼樣的工作。他往返於收銀機與賣場之間，請客人試坐沙發，打開配備在書桌上的照明，把衣櫥的兩扇門打開又關上。在賣場的時候一直面帶笑容，一回到收銀台臉就垮下來了。雖然只是個小孩子，也都懷疑那樣的工作怎麼可能會有趣。有個自國小開始就與我同學，高中時前往美國的傢伙，上了大學之後的某個夏天我們久別重逢。那傢伙在美國所居住的城市有個因鵜鶘而出名的國家公園，所以進而開始喜歡鳥類，大學主修生態學，並表示自己正在新幾內亞進行三個月的暑期研究，還說將來想要去中美洲保護紅鶴。這種事情對我來說就好像天方夜譚一樣。

因爲你還來得及，自己找一找吧，哥哥對我說，要是相信老爸老媽或是老師所說的就完蛋了，他們什麼都不懂。由於一直待在家裡待在百貨公司待在學校，才會完全不知道世界上的其他地方發生了什麼事。要是乖乖聽從那些人的話，就會變得跟我一樣。我已經沒有力氣再去做什麼了。明明才二十歲，卻已經耗盡了追尋任何目標的力氣。不過，雖然晚了一步，我覺得自己終究還是發現了。要是只去參加網球或是滑雪之類的同好會混到大學畢業，像老爸那樣進了百貨公司或是超級市場上班的話就眞的完蛋了。我很能理解加入奧姆眞理教那些傢伙的心情。氣力變成零的話，就會希望能有什麼東西來幫忙支撐自己。不論什麼都好喲！我終於明白，眞正能夠作爲支撐的東西就只有自己的思考能力而已。如果不到各地去看看、不閱讀各種書籍、不聽音樂的話，就不可能發展出自己的想法。這些事情我過去都沒有做過，而且現在才開始也已經太遲了。雖然自己來辯白有點奇怪，可是你也知道吧，在戰爭片中經常會出現那種知道自己快死了的傢伙。全身的力量消失，覺得冷得受不了，好像被吸入一個深洞裡似的，在這種感覺之下知道自己就快要死了，就和那一樣。

小學生還沒有決定到底是要雞蛋三明治還是鮪魚三明治。學生模樣微胖的青年放開了巧克力球，手正要伸向平板巧克力。兩名家庭主婦已經移動到生理用品的貨架旁。身穿工作服的兩個男人把幾個杯麵放進籃子裡朝收銀櫃台走去。店員中的一人已經清點完下酒菜貨架的最上面一層，正開始清點起司球與鮪魚佃煮串的數量。收銀台的店員正把撒落櫃台上的數枚一圓硬幣收拾起來。不時會有光帶掃過店裡，那是公車從外面經過時，擋風玻璃所反射的陽光射了進來。

老人正站在我的面前。老人穿著格子襯衫。開始從事音響與錄音工作之後，我經常會在某個場所站定，閉起眼睛細聽周遭的聲音。也曾有幾次擔任電影的錄音助手的經驗。如果是在飯店房間之類的地方進行拍攝的情況，當演員的鏡頭都結束之後，一定得錄下房間的聲音，因爲進行配音的時候必須用到。我喜歡錄製這種稱爲 Room Tone 的聲音。閉起眼睛用頭機（head set）罩住耳朵，就能夠實際感受到房間裡的聲音逐漸進入自己體內。飯店或是公寓的房間裡會有低沉的空調聲音，還有外面的車輛與道路工程的聲音傳來，因爲有玻璃窗遮蔽而變得小聲。錄製 Room Tone 的時候，就連導演都不能隨便發出聲音。其他工作人員以及演員也都必須斂聲屏氣，等我完成錄音工作。房間裡只瀰漫著大群人的氣息，以及空調的些微聲音而已。由於飯店或是公寓的不同，或者是房間的不同，Room Tone 會有微妙的差異。在錄製 Room Tone 的過程中，我逐漸明白自己喜愛音響與錄音這份工作。

我今年春天將前往聖地牙哥的電影技術學校就讀。手續全都是我自己辦理的。告知家裡我將前往美國的那一天，母親哭了。「我會很寂寞的。」母親說。「又不是死掉不在了。」父親這麼安慰母親，然後三個人一起望著美國西海岸的地圖與電影技術學校的簡章。

身穿工作服的兩名男子把籃子放在收銀櫃台上。將散落櫃台上的一圓硬幣收拾乾淨的店員說了一聲「歡迎光臨」，隨即傳來讀取條碼的電子訊號音。店內再次充滿強光，我透過大玻璃窗看到公車從外面經過。公車上的乘客都成了剪影。可以聽到兩名家庭主婦在絲襪等商品的陳列架前面移動的聲音。其中一人穿著硬鞋跟的涼鞋，另外一人穿著橡膠底的便鞋。公車擋風玻璃所反射的強光一瞬間照亮了兩名婦人的側臉以及便利商店裡的商品。兩人的側臉重疊，看起來好像是輪廓模糊不清的一張臉似的。或許是因爲強光刺眼，老人瞇起了眼睛。然後臉又轉回乳品飲料櫃。

響起自動門打開的聲音，一名抱著幼兒的母親走進店裡。正在用條碼識別機讀取杯麵條碼的店員，大喊了一聲「歡迎光臨」。正在下酒菜貨架前面清點起司球與鮪魚佃煮串的另一個店員，也用幾乎相同的音量喊了一聲「歡迎光臨」。自動門打開時，風從外面吹進來，關東煮的味道在店裡飄散開來。抱著幼兒的母親朝放置宅急便單據的桌檯走去，一面用食指碰觸女性週刊雜誌的封面，一面自言自語：「該怎麼辦才好呢？」幼兒說了些什麼，可是從我所在的位置並沒有辦法聽到。

日前我去哥哥上班的酒館，跟他說我要去聖地牙哥。哥哥非常為我高興，還對客人宣布：「這小子是我的弟弟，就要去美國攻讀電影啦！」接著從冰箱拿出一瓶腹有美麗裝飾圖案的香檳，說「我請客」，為我和客人們各倒了一杯。客人有四位，其中有一位花店老闆齊藤先生，開始聊起美國的事情。曾經在芝加哥附近的鄉下城鎮住過的齊藤先生告訴我，美國的鄉間真的有那種電影裡經常會出現的販賣食品及日用雜貨的小店，外面一定有公共電話，走上木製的階梯一進入店裡就會聞到一股美國的味道——熱狗的芥末醬味與爆米花的奶油味。那樣的味道日本可沒有，齊藤先生說。

該選雞蛋三明治還是鮪魚三明治，小學生仍在猶豫。兩名家庭主婦與抱著幼兒的母親在錯身而過時視線交會，但只有一瞬間而已。老人從櫃子上拿了優酪乳放進籃子裡，附有便利商店商標的橘色籃子在老人的右手肘處微微晃動。優酪乳瓶子的表面附著著水滴，週刊雜誌的封面因此而被弄濕了一小部分。

居酒屋

你那種演技根本沒人想看。
為什麼你覺得自己會受到矚目呢？
那說起來只不過是傲慢而已吧。

現在的時間是晚上八點多。我在居酒屋裡。坐在旁邊的是我的男朋友。男朋友的對面是他公司的人，我的對面則是我的公司同事。因爲他公司的人想交女朋友，而我公司的同事則在找男朋友，於是我和我的他決定爲兩人穿針引線。我的名字是水谷祐子，我的他名叫堺俊夫。我都喊他阿俊。

阿俊剛才介紹過他們公司那個人的名字。好像姓坂上，可是我沒聽清楚。因爲後來一直沒有人喊那個人的名字，沒有辦法再次確認。或許是姓中上也不一定。阿俊與那個姓坂上還是中上的人的交情似乎並不是多麼好。我的公司同事名叫直美，二十五歲，比我小兩歲。

我們喝著生啤酒，吃著墨魚生魚片、炸雞、毛豆還有涼拌豆腐。姓坂上還是中上的那人，不知道爲什麼帶了一個說是高中同學的女人同來。那女人穿著織有金銀絲線的粉紅色迷你洋裝，一副風塵味的打扮，而且還濃妝豔抹，那個女人的名字是吉本小夜子。直美雖然是來見未來男友人選的，卻因爲害羞而帶了個游泳教室的男性友人一起來。他是小強，我之前並不認識。

我還是第一次光顧這家居酒屋。地點正好就位於JR東中野與中野的中間一帶。雖然這家店好像是阿俊選的，可是我並不清楚他以前是否來過這裡。櫃台裡有個看起來像是老闆的人，身穿和服頭上纏著布巾的打工女孩過來點菜。我們的隔壁是一桌上班族團體客。另外一邊的那一桌有七個人，正在聊著電影還是戲劇的話題，眾人都已經有了幾分醉意，講話的嗓門很大。他們之中有光頭族，也有長髮紮在腦後的人，七人中有兩名女性，兩人都穿著類似工作裝的黑色衣服。

牆邊的電視一直開著，可是沒有人在看。正在轉播職棒，在場上投球的是巨人隊的桑田，站在打擊區的則是橫濱的鈴木。恐怕只有坐在櫃台前一個人喝著酒的那些人才會看電視吧。櫃台在我的背後。有些什麼樣的人坐在櫃台，我並不知道。

我在品川一家配送公司負責內勤的工作，工作的時間朝九晚五。來這家公司上班之前，曾在西麻布的一家酒吧當服務生。阿俊在家具連鎖店工作。我們大約三個月前在淘兒唱片行挑選ＣＤ的時候認識的。雖然已經想不起來剛認識的時候聊了些什麼，可是並沒有聊到作畫的事情，到如今依然沒有談起過。就連直美，我也沒跟她提起過自己平常會作畫。直美好像是高中畢業之後就從山陰地方來到東京進入服裝設計的專門學校就讀，但是沒多久就休學了。聽說被男人騙過，但是詳細情形我並不清楚。

直美加入了網路的約會團體，曾經多次參加網友會以及紅娘派對，可是依然不停抱怨找不到好男人，所以我今天晚上才會安排介紹阿俊公司的人給直美認識。但不知道爲什麼，她也帶了個男性友人一同前來。小強剛從大學畢業，好像是丸之內一家公司的職員。聽說這是兩人第一次在游泳教室之外的地方見面。

「所以人家才會說你沒有面對現實嘛！」

我聽到了這句話，可是不知道是從哪一桌傳來的聲音。這家店很吵，充滿了各種聲音。電視螢幕裡，桑田正準備投球，但不知爲什麼還播放著音樂。好像是有線頻道，可是只知道正播放著音樂，不知道那是什麼曲子。四個頭上纏著布巾的打工女孩將食物與飲料送過來。剛才阿俊瞄了其中一個女孩一眼，大概是他中意的類型吧，我心裡想。是個大胸脯的女孩。與我交往之前，阿俊曾與一個名叫里美的大胸脯女孩交往，即使在與我交往之後，兩人依然藕斷絲連。

和我在一起的時候如果行動電話響起，而阿俊回答說「我等一下再回撥」的時候，對方必定是里美。我並沒有和阿俊同居。因爲里美的事情，阿俊似乎對我感到有些內疚。直美穿著涼鞋的腳邊出現了某種小蟲。直美的腳趾肉肉的。剛才，姓坂上還是中上的那人說了些什麼，可是誰也沒有反應。我正在吃炸雞，雖然蒜味滿重的，可是今天晚上就是想吃點富含蛋白質的食物。

我還在陪酒的年代有個朋友，一個花名叫做小楓的女孩，私底下會玩SM，好像是當女王。她確實個子很高，但是長相並不是多麼美。聽她說，常去看診的牙醫是個被虐待狂，所以自己才被帶進那個世界。他們會用牙科的治療器具來助興，可是我沒有問到底是什麼樣的性遊戲。

阿俊對我心懷歉疚，所以我一提直美的事情，他就表示要幫忙介紹公司的男同事。跟直美提起這件事之後她也表示非介紹不可，所以才會有這樣的安排，可是我其實有些話想單獨跟阿俊講。因為是很重要的事情，我不想在這種居酒屋談。阿俊似乎有意跟我結婚。「雖然我還有其他女人，可是要結婚的話，還是要娶祐子。」阿俊說。這番話，是阿俊三個禮拜前說的。「那個女人只是胸部大而已，其他沒有任何優點，個性又不開朗。」阿俊這麼形容里美。里美好像是在特種營業工作。「一想到她用含過其他男人那話兒的同一張嘴含著我的那話兒就覺得興奮不已，不過我可不希望討個那樣的老婆喔。」

「所以人家才會說你沒有面對現實嘛。所謂面對現實，就是要排除期待或是抱持希望的觀測這些先入之見，實事求是去看清楚現實，雖然並不是件多麼困難的事情，可是卻沒有人發覺這一點。你那種作品論根本就沒有人要聽啦，而且，你首先就應該正視自己不被任何人期待的這個事實吧。不是嗎？」

說這番話的到底是什麼人呢？是那群上班族嗎？還是光頭族與長髮男那夥人呢？直美似乎並不欣賞那個姓坂上還是中上的人。那個姓坂上還是中上的人似乎很喜歡直美，眼睛一直望著直美那邊，都沒有理會自己帶來的那個叫做吉本小夜子的女人。吉本小夜子抽著香菸，是細長的薄荷菸。我以前也曾經抽過一段時間的香菸。名叫吉本小夜子的女人爲什麼會跟著那姓坂上還是中上的男人來這家居酒屋呢？向大家介紹過是那姓坂上還是中上的男人的朋友之後，她就一直抽菸喝生啤酒，比其他人都要快喝完，然後問那姓坂上還是中上的男人是否可以喝調水的威士忌。名叫吉本小夜子的女人手持威士忌酒杯，手背浮現藍色的血管。濃妝豔抹也有影響，她看起來既像是三十好幾，又像是四十出頭。

電視螢幕上，桑田投出了一球，打擊者鈴木並沒有揮棒。在直美腳邊爬的小蟲數目增加了。阿俊的唇邊沾著白色的涼拌豆腐屑，可是那看起來並不像豆腐。直美穿著灰色的細肩帶上衣搭配奶油色的貼身長褲。來赴會之前，直美曾找我商量今晚該穿什麼才好。平常的衣服就好了吧，我回答。所以人家才會說你沒有面對現實嘛！所謂面對現實，就是要排除期待或是抱持希望的觀測這些先入之見，實事求是去看清楚現實，雖然並不是件多麼困難的事情，可是卻沒有人發覺這一點。你那種作品論根本就沒有人要聽啦，而且，你首先就應該正視自己不被任何人期待的這個事實吧。不是嗎？

讀幼稚園的時候，我很喜歡畫圖，可是不知不覺間就不喜歡了。在西麻布的酒吧陪酒時，那個男人到店裡光顧，我給他的並不是店裡的名片而是自己手繪的名片。為什麼會給那男人手繪的名片，如今我依然想不通。離開千葉的老家為了存錢而開始陪酒的時候，我覺得用酒家的圓角小名片很難為情。上面印的是不屬於自己的名字，地址和電話號碼當然也不是自己的。夜裡一個人獨自看著那名片不禁悲從中來，於是去便利商店買了素描簿和色鉛筆，親手畫上自己的名字和肖像畫，製作手工名片。這份作業做起來很愉快，讓我憶起兒時喜歡畫畫的事情。雖然有時還會持續畫到天亮，但是完成的名片卻沒有對象可以給，沒有送給任何人的名片累積到將近兩百張。雖然沒有對象可以給，還是一直放在手提包裡，只要帶著這些名片，就覺得不會忘了自己的名字。在店裡遇見那個男人時，就想要遞上一張名片。爲什麼會想要給那男人一張手繪的名片，我也搞不清楚。既不知道那個男人從事什麼樣的工作，當然也不知他的名和姓。唯有一件事可以肯定，那就是：那種類型的男人，絕對不會來這種居酒屋。不論是與阿俊交往之前或是與阿俊交往以來，我都經常光顧居酒屋。居酒屋安詳，而且食物比那些供應什麼地中海料理之類莫名其妙菜色的店好吃，讓人可以放心。我吃著炸雞，邊吃邊打從心底覺得美味可口。阿俊吃著拌洋蔥絲，那姓坂上還是中上的男人吃著馬鈴薯燒肉。直美用筷子去夾墨魚生魚片，吉本小夜子將毛豆送進嘴裡，小強則正用湯匙去舀奶油玉米粒。每個人都吃著自己想吃的東西，絲毫沒有勉強。有個字眼叫做原比例，居酒屋總是依照原比例，既不會遠遠超乎期待，也不會令期待大幅落空。

可是，在居酒屋裡，沒有人會產生「他人」這種微妙的差別感。在西麻布的酒吧裡，當我第一次遇見那個男人時，就覺得這個人是「他人」。這個男人是和自己有所區別的人，這種感覺就如同體味般傳過來，彷彿有一片磨得很光滑的半透明玻璃板隔在我們之間似的。比方說，和阿俊在一起的時候我就不會有這種感覺。當然，我和阿俊是不同的個體。可是，即使並沒有互相擁抱也不是在做愛，僅僅是和阿俊在一起，自己的身體與阿俊的身體之間的界限有時候就會變得模糊不清。比方說我正在看電視，而阿俊也在看同一個電視畫面，我倆會在同一個地方發笑。有時候甚至會搞不清楚是看電視而發笑，還是爲了一起笑才看電視的。另外，好比說我正在看雜誌而阿俊在看漫畫。這種時候，雖然看的是不一樣的東西，卻會有種像是融合在一起的感覺。或許是因爲阿俊的房間並不大也不一定，可是待在阿俊的房間時，就會漸漸分不清自己與阿俊的身體和心的界限。在這樣的時候，彷彿連時間的界限也逐漸融解了。最後會覺得過去、現在和未來都混合在一起，好像自己從一億年前起就這樣與阿俊一起看電視或是雜誌，而且今後應該也會永遠這樣看電視和雜誌吧！這是種令人脊背發涼的感覺。

阿俊不知爲什麼對我感到內疚，在許多地方格外用心，而且不曾有過暴力相向之類的舉動。聽說直美的前男友就經常對她暴力相向。有一次被那個男友踹，直美還掉了一顆臼齒。我和阿俊雖然也常常發生口角，可是從來沒有被他揍過。和那個暴力男友在一起的時候，直美非常緊張。由於一直處於男友的暴力陰影中，總是覺得很緊張。「仔細回憶一下，自己其實並不是多麼討厭那種緊張。」直美曾經這麼說。「就好像兩人之間有一塊眼睛看不到的玻璃板，不知道什麼時候會破掉，這樣的感覺。」直美說。

我，因爲感覺到自己與那男人之間好像有一塊眼睛看不到的玻璃板而開始緊張。拿到手繪的名片之後，「妳是畫家嗎？」那男人問。怎麼可能，不是啦，我笑著說。被人家問是不是畫家，我覺得非常難爲情。「所謂畫家，不知道是什麼樣的人喔？」因爲不知道畫家是什麼樣的人種，於是我這麼問那男人。「每天作畫，而且是一天連續畫上二十個小時都不會厭煩的人，就是畫家。」那男人這麼回答。

姓坂上還是中上的那人，和著有線頻道播放的音樂輕聲哼著。難道他在這嘈雜的店裡還能聽音樂嗎？電視螢幕裡，對於桑田投出而鈴木沒有揮棒的那一球，主審比出了好球的手勢。在直美腳邊爬著的蟲有三隻，記得起初只有一隻而已，蟲子到底是從哪裡出來的呢？那群上班族不時大笑，每次有人說了些什麼就全體一起大笑。所以人家才會說你沒有面對現實嘛！不論誰來看，你都比垃圾還不如。你那種演技根本沒人想看。爲什麼你覺得自己會受到矚目呢？那說起來只不過是傲慢而已吧。這番話的聲音從我的背後傳來，難道是光頭族和長髮男那夥人嗎？搞不好是我的腦袋裡傳出的聲音也不一定。

曾經有過這樣的經驗：夢裡有人在大吼大叫，醒來之後才發現，那吼叫聲其實是公寓前面道路工程鑽機的聲音。我的確聽到有人在說話，那並不是我們這群人中的哪一個。阿俊正在吃拌洋蔥絲，而且姓坂上還是中上的那人也正把馬鈴薯燒肉往嘴裡送，眼睛直盯著直美細肩帶上衣的胸口。直美正要把墨魚生魚片送進口中，小強用湯匙舀起的奶油玉米有幾粒掉到了桌上，名叫吉本小夜子的女人左手拿著威士忌酒杯，右手的食指與中指夾著香菸。你並沒有面對現實，那聲音這麼說。仔細想想，我的朋友或認識的人裡面沒有哪一個會說出這種話。

電視、有線頻道的音樂、炸油濺起的聲音、水龍頭的水聲、笑聲，以及液體注入玻璃杯中的聲音等等使得這家居酒屋非常嘈雜。頭上纏著布巾的女孩不停來回忙著，必定會進入我的視野之中，此外還充滿了各種味道。即使如此，不論什麼聲音、味道或是視覺都不會令人覺得不協調。沒有什麼事物會在環境中顯得突出。你並沒有面對現實，這個聲音聽起來也好像是雜音一樣。我不禁懷疑，是否只是類似道路工程的鑽機所發出的、沒有意義的噪音在我的腦袋裡迴響，但是聽起來像是談話罷了。

直美腳邊的蟲子開始散開。蟲子一定是原本就有三隻。蟲子的大小，比名叫吉本小夜子的女人落在地板上的一片菸灰還要小。因爲三隻聚集在一起，之前才會誤以爲是一隻蟲吧。直美的腳趾甲搽了淡藍色的蔻丹，但因爲趾甲旁邊的肉鼓起，搽得並不均勻。名叫吉本小夜子的女人，長相就好像蜥蜴一樣。電視螢幕裡，捕手正準備把球回傳給桑田。雞肉塞在臼齒的牙縫裡了。吃洋蔥絲的時候，阿俊右手拿筷子，用左手掌在下面接著。這個動作和我的父親一樣。我的父親是會計師。當我開始喜歡上繪畫，並把這件事告訴父親時，他對我說了類似：「妳根本不知道當個畫家會有多麼辛苦。」這種意思的話。「爲什麼妳就非要畫圖不可呢？」他問，還講了一個名叫梵谷的畫家割掉自己耳朵的故事，那個故事很可怕，難道每個畫家都非得把自己的耳朵割掉不可嗎？我心裡想。漸漸地，就不再畫圖了。如果繼續畫下去的話，就非得割掉自己的耳朵不可了，心裡一這麼想就覺得很輕鬆。事實上我還記得很清楚，自從不再畫圖之後變得輕鬆愉快的那種心情，那就和感冒痊癒後的感覺很像。燒退了，身體變輕了，跟這感覺一模一樣。

在西麻布的酒吧遇見那男人之後，我在陪酒工作休假的那個星期天，連續畫了二十個小時名片。一天就完成了一大把名片，並且在下一個星期天繪製明信片。接下來，開始畫自己的手部素描，手部素描花了比名片或明信片多好幾十倍的時間。雖然在事隔將近二十年之後又拿起畫筆，可是並沒有把這件事告訴任何人。我懷疑，如果對誰說了，對方可能也會講出父親以前說過的那些話。為什麼妳就非要畫圖不可呢？沒錯，不論怎麼找，我都找不到非畫圖不可的理由。所以人家才會說你沒有面對現實嘛！所謂現實，就是如同這家居酒屋一樣的東西，充滿聲音、視覺以及味道，可是彼此之間都不會產生不協調的感覺。

姓坂上還是中上的那人大概三十出頭。深藍色的西裝裡面是一件紅白配色的馬球衫。大概和阿俊一樣，白天也穿著家具連鎖店的制服吧。那家連鎖店的總公司位於群馬，與中國的業者合作供應廉價的家具。阿俊在府中店上班，我曾經去過那裡一次，因為想買一張畫圖用的桌子。四層樓的建築，因為是家具行，理所當然的，賣場非常大，各樓層密密麻麻陳列著各種床鋪、櫃子、沙發等等。阿俊陪著一同選購。那個時候，我看到無數的家具映在阿俊的眼球上，就好像地球儀一樣。新桌子送到家之後，將四開的肯特紙放在桌面上，首先用鉛筆畫了一個大圓。我打算畫出映在阿俊眼珠上的家具，想要畫出如同星雲般盤旋排列的床鋪、櫃子與沙發。某個星期天，我花了二十一個小時完成那幅畫，並且命名為「家具星雲」。

電視螢幕裡，桑田正要進入下一個投球動作。姓坂上還是中上的那人眼睛看著直美細肩帶上衣的胸口，嘴裡一面和著有線頻道的音樂哼著。直美將垂在唇邊的墨魚生魚片吸進嘴裡。她的頭髮染成了茶色，但是髮根處已經冒出了黑色的部分。可以看到隔壁桌穿著黑色像是工作服的女人肩頭在震動，可是不知道那是因為哭泣、發笑，抑或單純只是肩頭在震動而已。就算在哭也不足為奇，就算在笑也不會覺得不自然。小強用筷子夾起掉落桌面的玉米粒準備丟進菸灰缸裡。

這個動作彷彿是一種儀式。曾經在書上讀到過，非洲某部落的巫師會在傳統祭典中戴上獅子面具跳舞，可是他並不是在扮演一頭獅子，巫師確信自己是一頭獅子。用筷子去夾玉米粒的小強是否也擁有那種自信呢？看起來，小強並沒有那種要用筷子夾起玉米粒扔進菸灰缸裡的自信，他好像只是一個在扮演用筷子夾起玉米粒扔進菸灰缸裡的人。名叫吉本小夜子的女人正在演出抽細長涼菸的行為，姓坂上還是中上的人則在表演和著有線頻道哼出歌曲，直美正在表演用牙齒嚼碎墨魚，阿俊則正在表演將拌洋蔥絲放入口中混合。不用說，電視畫面中的桑田只不過是打在映像管的粒子因為濃度差異所形成的影像罷了。並不是電視螢幕的表面有一個平面的、縮小的，名叫桑田的投手。事實上可能誰也不在這裡也不一定。好比說，我在與阿俊赤裸相擁的時候也曾經這麼想過。上個禮拜，我們在一個非常熱的夜裡做愛。我當時正值生理期。完事之後，阿俊指著被血、汗和精液弄髒的床單說：那就是活著的證明。我雖然點了點頭，但是心裡卻質疑是否真的如此。汙染床單的很明顯是我和阿俊的身體所排放的東西，還有種獨特的味道。不論血液、汗水或是精液，都不過是由體內化學作用所產生、所排放出來的罷了。而且一旦排放出來，隨即就變成了普通的物質。

雖然我打算找個時間把自己平常在作畫的事情告訴阿俊，到頭來卻一直沒說出口。爲什麼不把自己平常在作畫的事情告訴阿俊呢？由於會作畫超過二十個小時，所以星期天都沒有和阿俊見面。即使有人打電話來也都沒有接聽。我對阿俊謊稱父親生病，每個星期天都非得回老家不可。他相信了這個謊話。因爲下了一個決定，所以我打算要在今夜老實告訴阿俊自己平常會作畫以及那個決定，但不知爲什麼卻成了介紹姓坂上還是中上的人與直美認識的飲宴。除了我以外，大家似乎都希望在今夜飲宴。但不管怎麼說，氣氛都不適合表白重要事情。

我想去法國南部一個名叫亞耳的城市看看。梵谷過去居住的城市。梵谷有許多以亞耳爲題材的作品。看過雜誌上以眞實的亞耳風景與梵谷的畫作所做的比較之後，我就想要去亞耳看看。住院時精神病院的中庭、夜晚的咖啡屋、麥田、橄欖樹以及柏樹等等，梵谷所描繪的都是極其普通的景色。可是從照片來看梵谷所描繪的景致，柏樹周遭的空氣並沒有捲成漩渦，橄欖樹的樹幹也沒有奇妙的扭曲。所以，梵谷或許是從那風景中看到了別的東西也不一定。樹木發出聲音說：來畫我吧。梵谷曾經這麼表示。我想去亞耳親眼看看梵谷見到的風景。法國的長假季節大約在九月結束，我打算趁那時去亞耳租一間公寓來住。查過資料，那裡也有繪畫教室，同時我也已經開始學習一些法語。收容梵谷的精神病院，好像已經改成了供年輕作家或藝術家使用的市立機構。目前手頭上的存款則作爲往返的路費，以及在亞耳住上兩、三個月之用。

一來阿俊不可能辭掉家具行的工作，再說因爲沒有準備，也不可能一同前往法國。就算他要求同行，我大概也會拒絕吧。不想跟他一起去。想一個人佇立在梵谷所見的景色前面看看。如果和阿俊一起，景色就會分散給我們兩個人。覺得只要兩人一開口談論景色，就會和在阿俊的房間裡看電視沒有什麼兩樣了。

阿俊正在吃拌洋蔥絲。他並不知道我的決定。店裡頭上纏著布巾的女孩從我身後通過。小強用筷子夾起了最後一顆落在桌上的玉米粒扔進菸灰缸裡。名叫吉本小夜子的女人伸手將菸灰彈落在小強扔掉的玉米粒上。好像蜥蜴在吐舌頭似的，我心裡想。身穿像是工作服的黑色衣服的兩個女人，其中一人的肩頭在震動，或許她是因爲傷心而哭了出來也不一定，或許被指責沒有面對現實的就是那個女人也不一定。那個女人沒有去面對的現實，究竟是什麼樣的現實呢？

直美腳邊的蟲正爬進直美的涼鞋陰影裡。如果翹起來的涼鞋前端踩回地面上的話，那些蟲大概會被壓得稀爛吧。即使已經被踩死了，蟲子都還不知道發生了什麼事情。姓坂上還是中上的人邊和著有線頻道的音樂哼著曲子邊將生啤酒杯送往嘴邊，啤酒杯靠近臉部時，他的視線也從直美的胸前移開了。小強手上的湯匙正往盛裝奶油玉米粒的盤子靠近，爲了避免撒落桌面，這次所舀的玉米量似乎比剛才少得多。黃色的玉米映在銀色湯匙的匙腹，但是除了我之外誰也沒有注意。

如果把要去亞耳的事說出來，不知道阿俊會有什麼樣的反應。大約在三個禮拜前有一次一起看著電視，時間突然無聊到令人有些害怕，我脫口而出：「分手吧！」阿俊原本以爲是在開玩笑。知道我是認眞的之後，就表示要跟那個叫做里美的女人一刀兩斷。還說願意現在就把那個叫做里美的女人叫出來，當著我的面宣布與她一刀兩斷。然後開始講起結婚的事情。就算結了婚，我可能還是會繼續光顧風月場所，阿俊這樣說。風月場所的女人似乎都很可憐。認爲風塵女子對什麼事情都滿不在乎，這種看法其實是大錯特錯。她們都沒有被親人好好疼愛，所以即使含著陌生男人的那話兒也覺得無所謂，不會珍惜自己。和那種女人來往，才知道祐子對我而言有多麼特別。我在風月場所有了這樣的認知，只希望祐子能夠體諒這一點。那一天，阿俊邊這麼說邊哭了出來。

阿俊正將筷子的前端插進拌洋蔥絲中。阿俊能夠一天在家具行裡工作二十個小時以上嗎？啤酒杯的杯口碰上了姓坂上還是中上的那個人的唇，腦袋和啤酒杯同時往後傾斜，姓坂上還是中上的那個人喉頭開始起伏。名叫吉本小夜子的女人把手從菸灰缸裡髒汙的玉米粒上方縮了回去。雖然香菸應該會散發出薄荷的香味，可是同時存在的其他種種味道令我聞不出來。直美似乎已經將墨魚生魚片嚼碎嚥了下去。阿俊的筷子夾起了一撮洋蔥絲。切成細絲的白色洋蔥混合著肉色的柴魚片，被筷子固定住夾了起來，左手掌在下面接著，被醬油染黑的柴魚片從筷子縫間掉落桌面上。拌洋蔥絲碰到了阿俊的嘴唇，我似乎可以聽到他正在嚼洋蔥的聲音。身穿像是工作服的黑色衣服的女人的肩頭在我的視野一隅顫抖。我可能很快就會對阿俊講出要去亞耳的事情了吧。小強的湯匙柄映出了吉本小夜子手背的藍色血管，可是除了我之外誰也沒注意。有人在咳嗽。那群上班族又轟然大笑。洋蔥絲與柴魚片正在阿俊的口中被嚼碎混合。電視螢幕上，桑田投出了下一球。

公園

小裕二的媽媽正朝我招手。我加快了腳步。

裕二媽媽把握在右手裡像是入場券的紙片比給我看。

公園的中央拉出了五個人長長的影子。

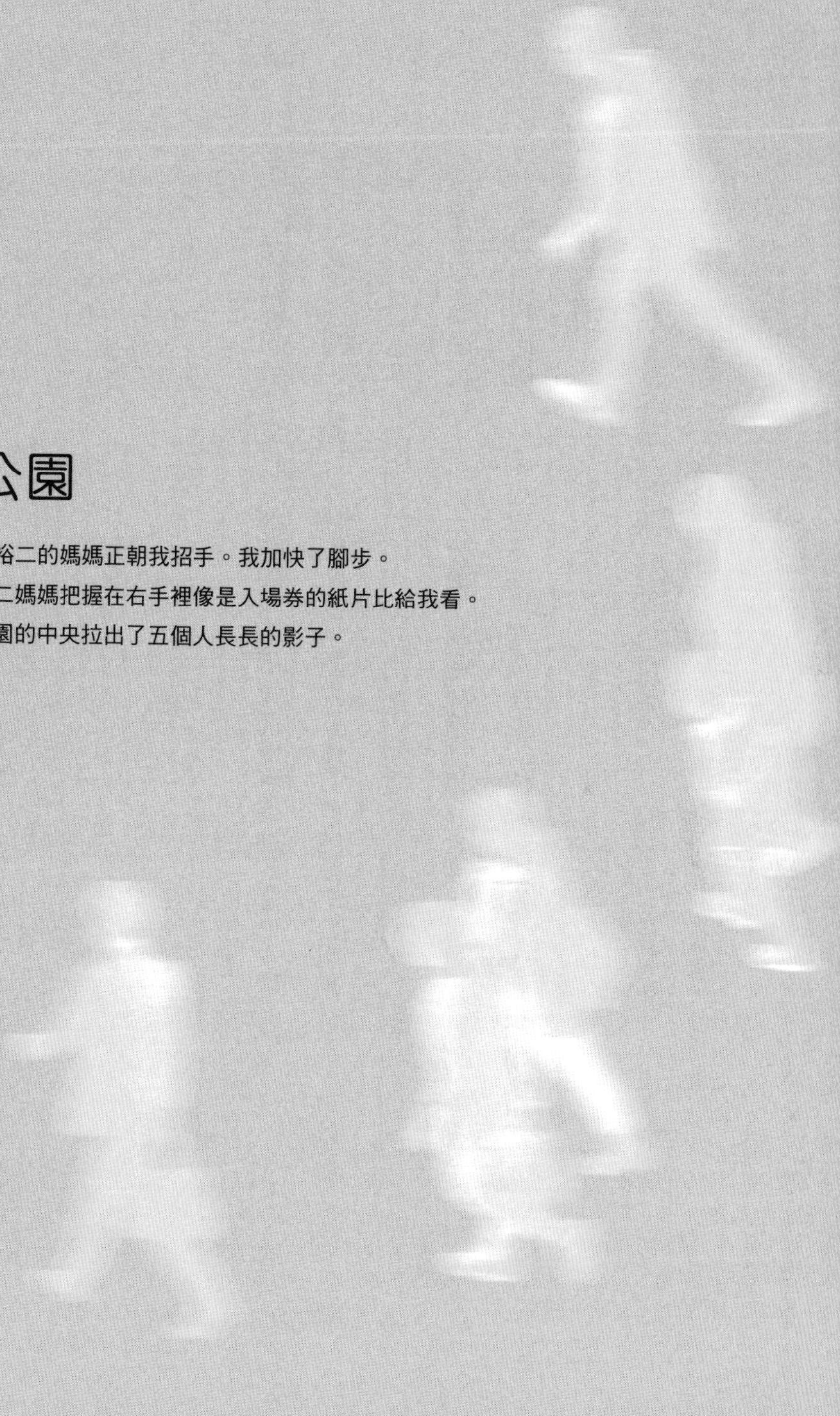

腦袋裡想著在夏日祭典的咖哩中下毒而遭到逮捕的那個女嫌犯的事情，我走進了公園。公園位於住宅區裡，聽說要比其他地區的公園來得大。由於我並沒有去過其他地區的公園，不知道是否屬實。這個公園，從我居住的國宅社區走過來大約十二、三分鐘。國宅社區裡也有公園，可是已經被一些固定的老面孔佔據了。那些婆婆媽媽甚至連坐的位置都固定了，我根本沒辦法打進去裡面。

形形色色的媽媽會聚集在這個公園裡。有住在這個住宅區的人，也有像我一樣住在國宅社區裡，因爲無法打入國宅社區的公園才來這裡的媽媽。甚至還有開車來的媽媽，數目不多就是了。因時段的不同，來到這個公園的孩子，年齡層也略有差異。上午的公園裡以剛會走路的幼兒居多。小孩不止一個的媽媽因爲早上的工作繁多，稍晚才會出現。到了下午，來到公園的則是小孩上托兒所和幼稚園小班的媽媽們。將近傍晚時，小學生會來到公園裡跑來跑去，帶著幼兒的媽媽們便紛紛打道回府，因爲曾經發生過小學生與幼兒相撞的嚴重事件。

我的左手牽著剛滿四歲的兒子右手。只要手一放鬆，就會斷了與兒子的接觸。兒子今年才開始去附近的幼稚園讀小班，早上九點搭幼稚園的娃娃車出門，中午過後回來。餵他吃過午餐，下午一起去公園待到傍晚。

忘記是昨天還是前天，一個自由撰稿人網友打算寫一篇有關家庭主婦的報導，問我家庭主婦們平常都在公園裡聊些什麼。雖然我是個大概每天都會帶小孩子去公園的二十八歲家庭主婦，卻根本想不出其他家庭主婦都聊了些什麼。唯一浮現在腦海裡的是，國宅社區旁的某家藥妝量販店的紙尿布價格比車站前的超級市場還要便宜這個話題而已。

公園大約有籃球場那麼大，呈橢圓形，有沙坑、滑梯、浪船和翹翹板。周圍是長有深綠色葉子的樹木所形成的籬笆，兩個入口處豎著告示牌，寫著「拜託大家盡量不要帶狗進來」。那告示牌上繪有狗頭，上面畫了一個紅色的「×」，可是每次看到那告示牌都覺得很不舒服。首先，我不明白爲什麼會畫了一個漫畫造型的狗頭？明明畫上整條狗的剪影會比較容易明瞭，不知道爲什麼卻畫了一個眼睛又圓又大的漫畫造型狗頭；既然禁止大家帶狗進入公園，簡單明瞭寫上「禁止攜犬進入」就好了，卻寫著「拜託大家盡量不要帶狗進來」。

曾經有一次，跟其他的媽媽們談起這件事，大家卻說：「這沒什麼嘛。」所以決定以後都不再提了。聽到別人說「這沒什麼嘛」，就會覺得那種事好像真的沒有什麼。我每週有五天會來這個公園。一來不願意去國宅社區的公園，再者，要去較遠的公園家裡也沒有車。沒有哪個母親會搭電車帶小孩去公園的。

剛才看到小裕二的媽媽在樹叢後面。裕二媽媽就住在這個住宅區。她朝我這邊看了一眼，但是並沒有打招呼，就又繼續和其他媽媽們聊起來。那個時候，我正開始想著在夏日祭典的咖哩中下毒而遭逮捕的女嫌犯的事情。裕二媽媽應該不是對我視而不見吧？可是，或許是對我視而不見也不一定。裕二媽媽正與小麻美的媽媽、小俊治的媽媽，以及另一個我不認識的女人，四個人圍成一圈聊著天。

這四人小組的那一頭有水泥製的長椅，小風太的媽媽和小浩介的媽媽正坐在那裡。上個禮拜，小風太的媽媽成了八卦話題的主角。小早苗的媽媽對其他人提起，網路上幽會系會員制俱樂部的女性會員中，出現了一個與風太媽媽很像的女人。聽到那個網站的位址，我也上網連過去看看，可是那女性會員照片的眼睛部位繪有黑線，看不出來是否眞的是風太媽媽。不過，就如同早苗媽媽所說的，確實很像是風太媽媽，臉的輪廓、唇形與鼻形幾乎一模一樣。

孩子們好像一塊兒在沙坑那邊玩耍，雖然被樹叢遮著看不清楚，但孩子們總是在沙坑玩耍，想必今天也是在沙坑玩耍吧。兒子與我手牽著手，面無表情地從公園入口走進去。昨天和其他媽媽們聊到遺傳基因的話題。浩介媽媽表示，肥胖的基因啦、禿頭的基因啦，人類的一切都是由遺傳基因所決定的，就連工作、戀愛、婚姻或是命運也都受到遺傳基因的影響。這是看雜誌得到的知識。

我們之間的對話，雖說並不是沒有例外，但是基本上誰也沒有在聽別人講些什麼。只是針對比方說遺傳基因、肥胖或禿頭，這一類的字彙做出反應，各自發表自己的意見而已。浩介媽媽似乎把那雜誌讀了個滾瓜爛熟，講起了羅曼蒂克的基因、母愛本能強烈的基因，這一類的話題。搭電車時絕不碰觸陌生人抓過的吊環，這種人具有潔癖的基因，而且那也顯示理性的基因比較強。至於爲什麼會有善於說笑話的人和不擅此道的人，理由則是感覺的基因越強的人就越善於講笑話。我的先生完全不會說笑話，又是個沉默寡言的人，根據大家的看法，他一定是個擁有沉默基因的人。這個話題引起了相當熱烈的討論。聽說自己的遺傳基因也有一半傳給了小孩。

沒有遺傳到我愛講話基因，可是好像有我先生那種不在乎別人眼光的基因，裕二媽媽說。我和先生都沒有表示任何意見，可是我家的小孩就自己要求學鋼琴，這一定是具有音樂家的遺傳基因，於是我就想到啦，我的祖母雖然生在明治時期，卻曾經彈過鋼琴，俊治媽媽說。還有一種賢妻良母的基因，浩介媽媽說，而那是從賢妻良母那邊繼承來的。不是常聽人家說，曾經在兒時遭受虐待的女人也會虐待自己的小孩，對吧。

小早苗似乎有吸引異性的費洛蒙基因喔，裕二媽媽說。的確，來到公園的小男孩全都會聚集在小早苗身旁。早苗媽媽說，費洛蒙也會遺傳。我覺得，她的意思其實是想要說自己具有吸引異性的費洛蒙基因。浩介媽媽告訴我，具有體貼基因的男性會有什麼樣的特徵。第一是單眼皮，耳朵位置低，笑起來會有酒渦，然後是肩膀比較往下斜，耳朵呈葫蘆形，門牙比一般人大，脖子呈山形，眨眼的次數多，腳掌不寬可是腳背高，這些就是具有體貼基因的男性的特徵。

擁有熱情基因的則是頭髮光亮，手臂的血管浮起，濃眉厚唇，睫毛長而且鬍鬚濃密的男人。

風太媽媽原本面帶微笑聽著大家講話，可是和我一同回去的時候，卻表示：「遺傳基因才不是那麼回事呢。」當時我才第一次聽說，風太媽媽曾經是個生物學研究員。她原本在關西那邊的研究所工作，生了小風太之後，爲了配合先生的工作而辭職。先生從事的是文字工作。辭去研究所的工作之後仍然努力撰寫報告，完成之後送到美國的大學，不但獲得認可，還受邀前往留學，所以下個月將舉家遷往美國，風太媽媽這麼告訴我。

所謂基因，只是在製造生命活動所需的蛋白質而已，風太媽媽說到這裡露出了苦笑。說得更正確一點，遺傳基因只負責發出製造蛋白質的指令而已，所以根本就沒有肥胖的基因、禿頭的基因、費洛蒙的基因或是什麼音樂家的基因那些東西，只不過在討論那麼熱烈的時候說這種話就會顯得輕薄，才一直沒開口。

風太媽媽爲什麼會說出這種話令我覺得納悶，想必是因爲只有我們兩個人，既然只有兩個人，大概對方是誰都好吧。很多人在一起的時候，有些話就不方便說了。原則上來說，嚴肅的話題沒辦法當著眾人的面講出來。能夠說出來的嚴肅話題，只有別人的八卦和壞話。風太媽媽講起了留學的事情，要去的地方是美國的波士頓，我曾經聽過那個城市的名字。她說：「因爲先生平常在寫經濟方面的報導，如果從美國把報導傳送回來的話還有點稿費，雖然不多，但是我可能還可以拿到獎學金，所以才咬著牙下定了決心。」

風太媽媽說著這些事情時，我心裡想的卻是註冊成爲幽會系網站的女性會員那個八卦。之所以要搬到美國去住，我猜可能是隱約感覺到有那個八卦，所以想從流言之中逃開吧。風太媽媽一頭短髮，披著深藍色外套，下身是灰色牛仔褲搭配極其普通的網球鞋。小個子，五官清秀。

來到這個橢圓形公園的媽媽們有共通點也有不同之處。共通的地方在於，大多是相貌清秀端正的人，不同之處則是各自的經濟能力。由於各自居住的地點有微妙的差別，經濟能力的差異也足以形成小團體。住在同一個國宅社區，或是住所的距離很近的話，就會一同用餐或是招待小孩子來家裡吃飯。只要經濟能力有別就會產生隔閡，即使只是單純一起去購物，如果經濟能力有別，彼此的關係也會沒有辦法順利發展下去。就連超級市場也有等級之分，車站前面有高級食品店，國宅社區旁邊的超級市場則比較便宜。如果國宅的居民提著車站前高級食店的塑膠袋走在社區裡，鄰人就會敬而遠之。明白這一點的人絕對不會提著高級食品店的塑膠袋到處晃，比方說即使去高級食品店買東西，也會裝進自己準備的購物袋再走回國宅社區。就連去便宜的超級市場購物，肉品的價格還是有差別，平常吃哪種肉的什麼部位，只要一同去購物就會知道。我們並不是在日常生活中就意識到這種事，所以才會在公園選擇夥伴，只是本能地避免嚴重的衝突罷了。

在橢圓形公園裡是不管經濟能力的。無意間會成爲問題的是容貌。大約一個月之前，一個非常胖的媽媽來到橢圓形公園，可是隨即就不再來了。我覺得，大家並沒有欺負那個媽媽，只是閃避而已。要閃避很簡單，例如對方開口說話時，一次、兩次都不予理會，逕自靠近自己的孩子就好了；或是說，只要打招呼的時候臉上不露出笑容，就能夠將企圖閃避的意思傳達給對方。

昨天與風太媽媽道別之後，我再次上網連線到那個幽會系的網站。「為紳士淑女安排幽會」，網站的首頁上這麼寫著，可是只要看過女性漫畫雜誌上刊載的招募女性會員廣告就會明白，其實根本是賣春。「保證月入四十萬。男性會員皆為大企業主管或是律師、醫生等等保證有身分地位的紳士」，招募會員的廣告上這麼寫著。若想加入成為男性會員必須繳交五萬圓入會費，此外每回的介紹費是兩萬圓。不用說，女性會員不必繳交入會費。與風太媽媽神似的女性，會員編號是T0235，自我介紹欄上顯示的年齡是二十七歲，家庭主婦，嗜好是園藝和ＳＭ。由於孩子年紀還小，希望能夠提早一個禮拜決定見面日期。能見面的日子只有非例假日，而且要在傍晚五點以前。個性保守，但是喜歡嘗試大膽的事情。希望能與穩重的紳士單純交際。

T0236是二十九歲，粉領族，嗜好是旅行。T0237是二十歲，打工族，嗜好是兜風、唱卡拉ＯＫ。T0238是二十二歲，飛特族，嗜好是音樂、電影和逛街。T0239是二十四歲，公司職員，嗜好是烹飪、旅行和ＳＭ。T0240是二十七歲，粉領族，嗜好是滑雪、潛水。T0241是二十七歲，飛特族，嗜好是時尚流行觀察。T0242是二十二歲，學生，嗜好是舞蹈、音樂鑑賞。T0243是三十一歲的飛特族，嗜好是打高爾夫球。二十六歲，家庭主婦，嗜好是風水和占卜。三十三歲，護士，嗜好是水上運動。二十四歲，飛特族，電影、兜風。三十歲，藝人，出國旅遊。二十三歲，飛特族，玩滑雪板和衝浪。十九歲，學生，閱讀與軟調ＳＭ。二十八歲，家庭主婦，烘焙點心。二十四歲，宴會招待，和服裁縫。二十五歲，家事助手，愛縛。三十一歲，家庭主婦，電腦。二十一歲，粉領族，電影欣賞。二十二歲，粉領族，音樂。

二十九歲，家庭主婦，兜風。二十五歲，粉領族，唱卡拉OK。三十五歲，家庭主婦，電影。二十八歲，家庭主婦，品嚐各地美食。二十二歲，公司職員，骨董。二十九歲，家庭主婦，散步。二十七歲，粉領族，登山。三十三歲，家庭主婦，卡拉OK。二十七歲，家庭主婦，SM。她們都要出賣身體。

橢圓形公園的入口處鋪設了沙石，穿著涼鞋踩在上面就會發出如同踩爛無數蟲子的聲音。裕二媽媽雖然朝我這邊望，可是既沒有露出微笑，也沒有點頭打招呼。記得昨天裕二媽媽好像曾經對我微笑並且揮手，不過那或許是早苗媽媽也不一定。與小麻美的媽媽還有小俊治的媽媽在一起的到底是什麼人呢？那個陌生的女人身穿綠色羽毛外套。我們會在橢圓形公園裡聊的，不外乎別人的八卦、兒女的健康、對婆婆和先生的牢騷或是購物資訊這一類的話題。我會跟先生談起的，除了孩子的事情、附近聽到的事情之外，其他還有什麼呢？

與風太媽媽神似的女性會員在幽會系網站的自我介紹中表示嗜好是園藝與SM。二十七歲的家庭主婦會用鞭子抽打哪個赤身裸體的人嗎？還是說，會一絲不掛被別人鞭打呢？昨天，風太媽媽對我表明將前往波士頓留學的那一天晚上，我把這件事告訴了先生。我的先生是埼玉一家大型百貨公司的家具賣場主任。先生邊看晚報邊喝著啤酒，我在廚房油炸食物，兒子在看電視卡通。門鈴響起，我正在炸可樂餅，沒辦法離開瓦斯爐。門鈴響個不停，先生卻一直不去應門。兒子摁著遙控器的按鈕把電視的音量調大，最近他已經完全學會如何操作遙控器，就是喜歡摁那些按鈕。我想放聲大喊，可是又不知該喊什麼才好。門鈴繼續響著。兒子把電視的音量調到了最大。先生繼續喝啤酒。我原本已轉向玄關，可是又中途站定，對著先生說：小風太的媽媽說要去波士頓的大學留學了。「小風太是哪個？」丈夫問，也沒看著我的臉。電視上的卡通人物出現特寫，油鍋裡開始冒出黑煙，門鈴繼續響著。炸油的味道鑽進鼻子裡，眼底發疼，就好像游泳時鼻子進水的感覺。我將鮮蝦可樂餅從沸騰的鍋中撈起來，關掉瓦斯，把兒子的遙控器拿過來將音量調小，走到玄關，打開門。一個身穿深藍色西裝的陌生男子才剛走開。「有什麼事嗎？」我望著他的背影喊道，男子隨即轉過身來。「之前有人待在那裡喔！」他大聲說道，「不知道什麼人待過那裡喔，菸蒂都扔在那裡，看看地上吧。」

一看水泥地面，的確有五、六個菸蒂扔在那裡。我只是來提醒你們注意一下的啦，身穿西裝的男子又一次大喊。年輕，眼角往上吊的男子。他跑著下了樓。回到屋裡，先生問是什麼人。好像有人在外面抽菸，有個陌生人來提醒我們注意，我回答。這樣喔，先生說，臉也沒從報紙上抬起來。「沒有聽到人家在大喊嗎？」我問先生。「聽到一些，怎麼了嗎？」先生看著我。

我不知該擺出什麼樣的表情才好。我正在想像，那個年輕男子把風太媽媽脫得一絲不掛，準備用鞭子抽打她。先生看著我的臉好一會兒，但是視線終於又回到報紙上。

某處傳出幼犬的叫聲。我討厭幼犬。裕二媽媽似乎一直望著我。我經常想到因為有在夏日祭典的咖哩中下毒的嫌疑而遭逮捕的那個女人的事情，可是從來沒有跟別人談過這件事。「如果那個女人眞的在咖哩裡面下毒的話，那是爲了什麼呢？」我很想找人這麼問問看。裕二媽媽穿著領子綴有毛皮、長度到腰際的皮外套，那是一件名牌外套，就算再怎麼便宜也要二十萬圓吧。一旁的俊治媽媽也穿著皮衣。再旁邊的那個陌生女人所穿的羽毛外套也使用了許多皮料。面對那三人站著，頻頻點頭的麻美媽媽，身穿粗毛線編織的套頭毛衣，不過下面配的是皮褲。難道是事先就約好「今天就穿皮衣到公園集合吧」了嗎？

我的便鞋踏過了石子，同時看到小早苗和早苗媽媽正要從橢圓形另一頭的入口走進公園。裕二媽媽舉起右手和早苗媽媽打招呼。剛才裕二媽媽雖然看到了我，卻沒有打招呼。就別在意這種事吧，我說給自己聽。儘管我很希望把這種天天都在橢圓形公園裡上演的事情講給別人聽，但是事實上這種話對誰也沒辦法講。「不論是誰，都有一、兩件無法告人的事情。」曾經在電影裡聽過這樣的對白。可是我卻想不出來是什麼樣的電影。我的孩子低著頭慢慢走著。左手傳來小生物的觸感。有時會覺得那觸感很可愛，有時卻又覺得已經受夠了。麻美媽媽的皮褲在午後的陽光下發亮，裕二媽媽毛茸茸的領子在風中微微搖動。大家怎麼啦？怎麼今天都穿著這麼漂亮的皮草呀？想來我非得這麼說不可吧。這麼說的時候，因爲還有個陌生的女人在場，搞不好不會有人理我。到目前爲止，已經有好幾個媽媽就因爲這樣而沒人理會。

四人一組的裕二媽媽那一群，還是浩介媽媽和風太媽媽的兩人小組，我應該走向哪一邊呢？小風太的媽媽穿著昨天那件深藍色外套。小浩介的媽媽穿著粉紅色的開襟毛衣，脖子纏著圍巾，從那圖案看來應該是菲拉格慕或是愛馬仕。我看到小浩介的媽媽從水泥長椅站了起來，離開小風太的媽媽，朝裕二媽媽的四人小組走去。陽光照耀著公園，偶爾有冷風吹過。每當冷風吹過時，小風太的媽媽就呵氣溫暖雙手。我就來跟大家說一下昨夜有個男子一直摁門鈴的事情好了，就告訴大家最近奇怪的人越來越多，一定要小心。如果是這種話題，裕二媽媽她們說不定也會感興趣。噯，風太媽媽也過來聽一下嘛。這麼一說，風太媽媽也會被喊來加入原本的四人小組。有個奇怪的男人喔，就在門口，而且還一直摁門鈴。出去一看，對方竟然說之前有什麼人在門口待過。「那是什麼時候的事情？」我覺得小麻美的媽媽可能會皺著眉頭一臉認眞地這麼問。

小早苗甩開媽媽的手跑開，早苗媽媽也小跑步隨後追過去。轉眼間她就來到四人小組旁邊，並且把像是什麼紙片的東西交到裕二媽媽的手裡。我猜那大概是松任谷由實的演唱會入場券吧。小早苗的爸爸是個專業的防災系統工程師，負責武道館和東京巨蛋的防火系統，所以能弄到一般人很難弄到的入場券，前天，裕二媽媽拜託早苗媽媽幫忙弄松任谷由實的聖誕演唱會入場券。早苗媽媽拿到手之後帶到公園來。已經沒有人要聽我說的事情了，我想。與陌生男子一直摁門鈴的話題比較起來，早苗媽媽和裕二媽媽一定會覺得弄到松任谷由實的演唱會入場券有多麼困難這個話題比較有趣。一個人弄到了很難弄到的入場券，一個人則要去看很難弄到入場券的演唱會。為什麼兒子不會急著要去朋友們聚集的沙坑呢？明明已經看見朋友們都在樹叢那一頭的沙坑玩耍，我的兒子卻沒有要跑過去的意思。小早苗跑開了。為了要去追跑開的早苗，早苗媽媽也跟著跑，所以才能夠將入場券交給裕二媽媽。

如果那個女人眞的是犯人的話，她爲什麼會想要在夏日祭典的咖哩中下毒呢？難道是想要把什麼事情做個了結嗎？還是說，這是什麼事端的開始呢？如果小風太的媽媽眞的是那個編號T0235的女性會員的話，她眞的會赤身裸體被別人用鞭子抽打嗎？小風太的媽媽，正在擦眼睛。也許是有髒東西跑進眼睛裡了，可是搞不好在哭也不一定。如果是在哭的話，就是有人跟她講了那個八卦。我是覺得不可能的啦，可是呢，幽會系網站上面有個女性會員跟風太媽媽長得好像喔。上個禮拜，小早苗的媽媽向大家這麼報告，可是誰也沒問她爲什麼會知道那樣的網站。後來，早苗媽媽和風太媽媽都不在這橢圓形公園的時候，浩介媽媽說：「我想了想，早苗媽媽是不是經常去檢查幽會系網站呀？」大家都笑了。我也跟著笑了。

從鋪有石子的入口走進公園的時候，我都在想像。小風太的媽媽會哭著離開公園。把小風太帶離沙坑，手牽著手朝我走來，風太媽媽將會這麼對我說：

「我要離開這個公園和這個國家了。」

我的想像到此中斷。小裕二的媽媽正朝我招手。我加快了腳步。裕二媽媽把握在右手裡像是入場券的紙片比給我看。公園的中央拉出了五個人長長的影子。小裕二的媽媽應該會爲我介紹旁邊那個陌生女人吧。我應該會在看到入場券並表示驚嘆之後，再讚美五個人的穿著打扮吧。然後，我大概會數落先生的不是吧——根本就沒有人會上百貨公司去買家具嘛。

坐在水泥長椅上的風太媽媽看著我。她並沒有在哭。我這時正要加入那五人小組圍成的圓圈中。小風太的媽媽，將視線從我這邊移開，望向天空。

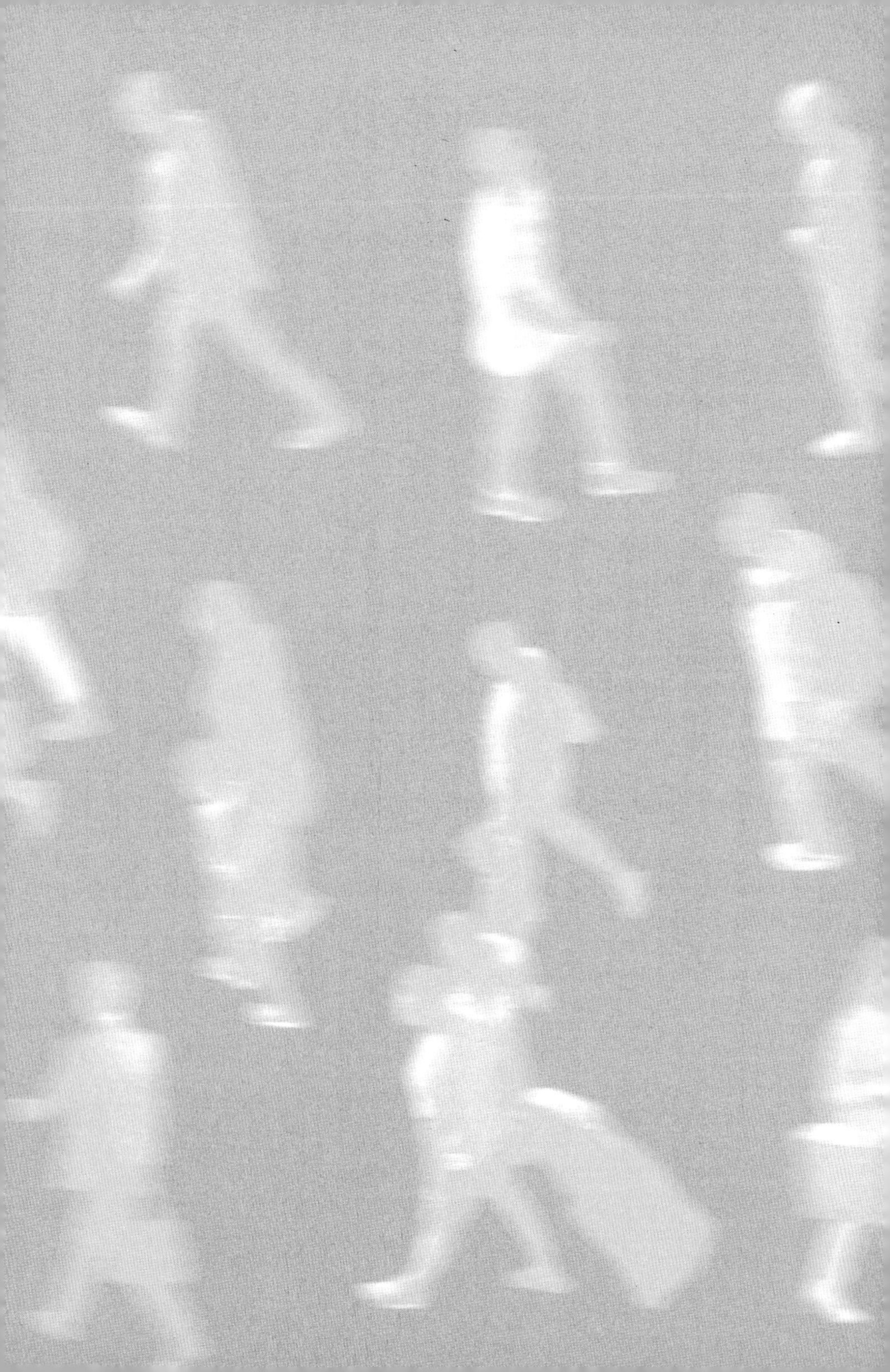

KTV

我一直以來都被騙了。
雖然我去上了大學，在知名家電廠商的零件外包工廠上班，
可是這些事情一點意義也沒有。
如果這些事情有什麼意義的話，
就不會讓快要五十一歲的妻子在廁所嘔吐了吧。

來到這家KTV之前，我在車站看到一個五十開外的男人一直佇立在月台上。身穿灰色外套，駝著背，好像抱著似的把一個黑色的皮製公事包拿在身前。想不起來他是否戴著眼鏡，覺得好像有戴，又好像沒有。但不管怎麼樣，他與我差不多是同輩，是個到處都可以看到的中年男子。雖然已經有好幾列電車停靠過月台，可是那男子都沒上車的意思。站務員一直望著他。

眼前的沙發上坐著兩個女孩。我走在車站前的馬路上時，她們開口向我搭訕。「我們的肚子餓了，能不能請我們吃點東西呢？」兩人中的一人這麼說，我問了她們想吃些什麼之後，三人一同走進車站前馬路盡頭的平價餐廳。我們幾乎沒有開口，默默吃著義大利麵、漢堡排餐和三明治。「以前去過義大利嗎？」頭髮染成紅色的那一個問我。聽我回答說沒有，「這樣喔。」她說，並且點了好幾次頭。

我約那兩個女孩去唱ＫＴＶ。她們答應了我的邀約，但是講好條件只唱一個小時。一個小時之後，她們一定會開口向我要求報酬吧。以前曾經在週刊雜誌看過這樣的報導。從平價餐廳走往ＫＴＶ的路上，頭髮染成金色的女孩問我有沒有小孩。聽我回答說不想談家裡的事，「這樣喔。」她說，並且點了好幾次頭。

第一首歌由我來唱。前奏從喇叭中流瀉出來。在我面前的沙發上，紅髮與金髮靠在一起談著話。雖然兩人在彼此的耳邊大吼，但是因爲卡拉ＯＫ的前奏聲音很大，我根本就聽不見。紅髮女孩穿著領口綴有兔毛還是狐毛的茶色開襟毛衣，配上顏色類似的裙子和黑絲襪，足蹬紅色短靴。金髮女孩穿著黑色皮長褲，眉毛處打孔穿了銀環，正把雜誌攤在桌上看。

兩人似乎對我視而不見。我正準備唱的這首歌，她們一定不知道吧。我所選的是一首昭和三十年代的暢銷曲。來到這家KTV的時候，看起來大概二十出頭的男店員直盯著我們。從我家到這家KTV，搭公車大約四十分鐘的距離。那個店員看到一個年過半百的歐吉桑帶著染了頭髮的年輕女孩一起來KTV唱歌，會不會跟別人講呢？聽兩個女孩子說，她們是從埼玉來這裡玩的。因爲兩人都不是住在本地的女孩子，那個店員應該不可能認得出她們是誰吧。

聽著歌曲的前奏，可是我一直想不起來那旋律是用什麼樂器演奏的。並不是小號。小號呈喇叭形，而演奏前奏旋律的樂器雖然一樣是銅管，不過造型更爲複雜，整體的造型很像是英文字母的S。我在腦袋裡描繪那個造型，可是就是想不出樂器的名字。剛才一直佇立在車站月台的那個五十開外男人，是否已經受到站務員的看管了呢？還是說，已經衝撞電車自殺身亡了呢？我覺得他是考慮要自殺，不會錯。

紅髮女孩用指尖指著攤在桌上的雜誌某一頁，刊載有照片的一頁。可是從我這邊看來上下顛倒，沒辦法辨識出是什麼樣的照片。覺得好像是海邊住宅的照片，可是並不確定。也許是一張藥瓶還是什麼瓶子的照片也不一定。如果是住家的話，大概是一棟相當高級的住宅，我心裡想。我原本在一家家電廠商的外包零件工廠負責營業的業務，可是工廠在今年夏天關門了。反正還有七年就到了退休的年齡，而且自己對公司也不是多麼留戀。

伴唱機上面有好多燈號在閃爍。雖然上過很多次ＫＴＶ，卻還不曾這個樣子直盯著那機器看。包廂裡貼著淺綠色的壁紙。狹長的包廂，大概有兩坪到兩坪半那麼大吧。牆壁上貼有海報紙，上面寫著「炒麵新上市」，炒麵兩個字還塗上了紅色的外框。與入口相反那一側的天花板下面掛著電視螢幕，正播放出鳥在陰鬱的天空盤旋的畫面。前奏將近結束的時候應該會顯示出歌詞吧？記得歌詞的第一句開始應該是北風，要不然就是太陽。坐在我面前沙發上的女孩子，兩個人都一樣，皮膚很粗糙，兩人的臉頰上還都長了面皰，上面蓋著厚厚的妝。在路上過來搭訕的時候，我問她們是不是高中生，兩人搖搖頭，說是飛特族。在平價餐廳裡，我邊吃著三明治邊打算問她們平日都打些什麼樣的工，結果卻一直猶豫該不該提出這個話題。

兩個女孩的年齡大概在十五歲至二十五歲之間吧。我十八歲的時候從東北地方上東京來。進入東京近郊的一所私立大學，畢業之後，如果回老家去的話可以進入縣政府就職，可是我並不願意回去。上京的前一年，東京舉辦了奧林匹克運動會。在東京近郊安頓下來之後沒多久，就用省下來的生活費買了一部中古的佳能單眼照相機。去國立競技場拍了紀念照，加洗了好幾張寄回故鄉分送給留在那裡的親朋好友。

就業當時，公司的景氣非常好。新人就職儀式那天，我在工廠門口拍了紀念照寄回故鄉。那家工廠裡，有好幾個是參加了集體就業，從我的故鄉附近前來的人。中山就是其中之一。中山出生的故鄉與我的老家的距離，搭火車只要一個小時。我忽然覺得中山的臉出現在兩個女孩子的紅頭髮和金頭髮的空隙間，不禁起了雞皮疙瘩，這才發現，中山長了一張好像什麼空隙似的臉。一張臉長得就好比像是筆筒與檯燈之間的空隙啦、書架與香菸盒之間的空隙啦，或是電話的子機與削鉛筆機之間的空隙之類的，看起來模糊而沒有焦點。自己實在很幸運，中山曾這麼說。

據中山表示，參加集體就業來到東京的中學生，絕大多數都是在從業人員少於二十九人的市區小工廠上班。首都圈當地的中學畢業生則可以進入大工廠就業。中山上京的時間是東京奧林匹克運動會的前兩年。從員工一萬人的大企業到員工只有四人的微型企業一概人手不足，能夠忍受低薪資的單純勞動的中學畢業生，不論什麼樣的企業都搶著要。首都圈當地出身的中學畢業生，由於不需要宿舍，因此得以在大規模製造業等等找到工作。至於東北等地前來的集體就業中學畢業生，則主要是進入小型工廠就業，並且直接住在工廠裡。換句話說，只能揀首都圈的中學畢業生敬而遠之的職場與職種。中山對這種事情知之甚詳。聽說他的同學有人在微型企業工作，大夥兒經常碰面。在那種聚會中必定會提到與職場有關的話題，所以和那些傢伙碰面會讓自己產生優越感，中山經常這麼說。那些傢伙中有一個叫做近藤。當然，我從來沒見過近藤，但是因爲老是聽中山提起，到現在都還沒有忘記那個名字。姓近藤的人應該非常多，可是聽到近藤這個姓氏的時候，我會想到的就是中山的同學那個近藤。

中山之所以能夠進入著名家電廠商的外包零件工廠就業，是因爲有親戚住在相模大野。在首都圈，近藤既沒有親戚也沒有朋友。他在大田區羽田的一家電鍍銅廠上班，員工數只有六人。中山曾經去過近藤一個名叫堀山的前輩的公寓，而且一而再、再而三跟我提起當時的事情。由於近藤住的三人房只有四張半榻榻米那麼大，就算中山過去玩，也只會覺得呼吸困難沒辦法聊天。當時並沒有平價餐廳、咖啡廳、遊藝場或是KTV。中山與近藤無處可去，於是近藤提議去堀山的公寓住處。聽說身為前輩的堀山平時經常對近藤說，假日有空的時候可以到他那裡去玩。

堀山的公寓位於大田區外圍一條排水溝的旁邊，中山這麼說。中山與近藤當時都是十六歲，而堀山已經年近四十，結了婚並育有四名子女。全家六口住在一間三坪大的屋子裡。每次中山與近藤過去玩的時候，堀山都會讓他們看電視。三坪大的屋子裡有電視、冰箱和一個大衣櫥，這令中山覺得納悶，不知道要怎麼樣才能讓六個人睡在這個屋子裡。睡覺的時候，腿要伸進這個電視機腳的空隙啦，堀山說，並且實際示範睡覺時的姿勢。近藤後來沒多久就搞壞了身體，辭去電鍍銅廠的工作，轉到墨田區一家車床工廠上班。我眞羡慕你，近藤經常對中山這麼說。「妳們兩個，是不是有人姓中山，或是近藤的呢？」在平價餐廳的時候，我這麼問那兩個女孩。「爲什麼會這麼認爲呢？」兩人一臉訝異反問我。「沒什麼。」我隨口敷衍過去，可是就是不由自主會懷疑那兩個女孩是不是中山還是近藤的孩子。

伴唱機的功能很複雜，要用遙控器來操作相當困難，可是兩個女孩卻沒有幫一點忙。當我表示不知道如何操作遙控器的時候，兩人也沒有反應。那個時候，我又懷疑她們兩個是中山或是近藤的孩子。她們給我一種與中山和近藤相同的印象，完全不像是曾經受過教育的樣子。KTV包廂裡很暖和，紅髮女孩把開襟毛衣的拉鍊拉開。毛衣裡面穿著紫色的衣服，看不出來究竟是襯衫還是內衣。我從未見過那種衣服。至少不曾見過我的女兒穿那種衣服。不過，因爲不曾見過女兒穿內衣的模樣，質料像是蕾絲的紫色衣物如果是內衣的話，就算女兒擁有那樣的內衣我也並不知情。

質料像是蕾絲的紫色衣物織有複雜的圖案。是種有名的圖案，可是我並不知道那圖案叫做什麼。曲線捲成漩渦，而那漩渦又組成類似鳥羽的形狀。那羽毛狀的造型呈左右對稱排列，整體來看，就好像盤繞在牆壁上的蔦蘿。我看著那圖案，一留神，發現紅髮女孩面無表情地做出了搖晃胸部的動作——想必是以為我正盯著她隆起的胸部吧。想把視線從她的胸部移開，可是心情卻被那紫色蕾絲的複雜圖案所牽引。那衣服緊貼著她的身體，布料沿著胸部曲線呈現微妙的起伏，但是有一件事情很清楚，就是我過去的人生之中從沒有見過那種東西。那在視野中展開的複雜圖案告訴了我這一點。除此之外，我的視野中還有金髮女孩的大腿，被黑色皮革包裹著。我想像著，或許她原本就擁有黑色的肌肉，之所以看起來會有光澤，其實只是那皮膚被剝掉了而已。卡拉OK前奏的銅管樂器演奏告一段落，霎時間可以聽到兩個女孩子的聲音。我似乎聽到了那傢伙、家裡，這幾個字。兩人大概是在談論我的家庭狀況吧，我猜。一定是在談論「那傢伙也有家人喔」，這一類事情吧。中山住在工廠的員工眷舍，經常到我家來玩。

十幾年前，我在東京與埼玉交界的地方買下一間五十坪左右附帶土地持分的住宅。那是兒子四歲、女兒剛出生時的事情。中山走訪我家的頻率，大約是一個月一次。因爲他會去海釣，經常會將漁獲帶來給我們。中山結婚早，所以他的兩個孩子也經常來和我的孩子一起玩。「要去上大學啊！」只要喝了酒，中山就會對自己的孩子這麼說。只要上了大學，就可以住這種獨門獨戶的房子了。像我這樣只有中學畢業，根本買不起房子。中山說著這些事情的時候，我就覺得心情很好。

買房子這種事情並不重要啦，我總是笑著對他這麼說。重要的是全家人能夠一直和樂融融，不論房子是自己的、是租的或者只是公寓，並不是那麼重要。聽我這麼講，中山卻說：「擠在狹小的公寓裡，很難和樂融融啊！」並且在我面前流下了眼淚。中山的兒子念公立高中的時候捲入了暴力事件，因爲用球棒毆打同學的腦袋而被送進感化院，結果高中就中途退學，各種職業換來換去之後，到現在都還沒有固定的工作。中山的女兒高職畢業，經由我的介紹進入一家小型家電超市工作進而與同事結婚，可是隨即沒多久就離婚了，離婚的理由是什麼，中山並沒有講。我被騙了。這是中山長久以來的口頭禪。

我覺得，自己和大家都一樣。雖然我住在2DK的眷舍，可是撇開那些政治人物、大企業的老闆不談，自己與其他國民並沒有多麼大的差異。近藤的前輩堀山，三坪大的公寓裡也有電視和冷氣，還有，我的車一直都是豐田冠樂拉，周遭的，比方說大學畢業的產品管理部長也只是開類似的豐田皇冠國產車。到了今天，連我兒子都擁有行動電話。國民想要擁有的東西，大體來說就是每個國民都買得起的東西。我所住的眷舍位於中央林間的新興住宅區，像我一樣國中學歷的人、高中學歷的人甚至大學學歷的人，大家都住在同一個市鎮裡。簡單說，不論是住所或是擁有的東西，可以看成是大家都一樣。除此之外，我們大家都收看同樣的電視節目。我覺得大家都會看同樣的節目，例如NHK的晨間電視小說劇啦、星期天的大河劇啦，或是TBS的週日劇場等等，而事實上，大半的人也都收看這一類的電視節目。就連閱讀報紙和雜誌也會讓我有相同的感覺。會覺得國民全都是一樣的，似乎哪裡都找不到那種過著特別的生活的人。

在這樣的情形下，我和近藤的交往是絕對不會終止的。近藤大約二十年前開始在池袋附近一家酒館擔任酒保至今，我經常去那裡喝兩杯。習慣光顧的就只有近藤工作的那一家店而已。是會特地從中央林間跑去池袋喝兩杯。近藤結過兩次婚，有三個小孩。其中兩個行蹤不明，另外一個遠赴歐洲從事美容師之類的工作。碰面的時候，近藤一定會拿那個前往歐洲的兒子的照片給我看，除了這件事之外，近藤都會讓我產生優越感。中山眞的是很幸福。近藤經常邊調著水酒邊這樣對我說。

我過去怎麼沒有懷疑過集體就業呢？去法國的兒子也這麼對我說過，老爸被騙了。仔細想想，那根本是要我們去做沒有人要幹的工作，而負責介紹的竟然是國中老師。羽田那間工廠的事情，我到現在都還記得很清楚，偶爾還會去工廠那一帶看看喔。工廠當然已經不在了，可是排水溝還是和以前一樣。「爲什麼我們的國中老師會知道那家廢氣會從窗子鑽進來的狹小工廠呢？」站在大排水溝旁邊，我經常這麼想。福島鄉下的國中老師，爲什麼會知道東京的羽田，有那種看起來像是違章建築的小工廠呢？那個老師不可能會知道羽田的市街、大排水溝或是工廠的事情。其他還有大批國中生來到同樣的工廠工作。從東北或是九州來的。在玩具工廠或是火柴工廠，還有食堂和麵包店工作。人數到底有多少呢？沒有一、兩百萬可能不夠吧。大排水溝邊有一種所謂的文化住宅，那位堀山兄就住在那裡。人家告訴我，只要拚了命工作，就可以住進自己一個人享有的公寓。假日的時候，我會去堀山兄的公寓玩。

堀山兄的公寓比我鄉下老家的雞舍還小。竟然有人住在這種地方啊，一這麼想，我就會有種優越感。可是，那個時候當然並沒有發覺自己是爲了那種優越感才去堀山兄的公寓玩的。每次去玩的時候，堀山兄的太太一定會炸紅薯給我吃。將紅薯切成圓片裹上麵粉油炸，然後再撒上一些芝麻。因爲在福島很難得吃到紅薯，不但覺得新鮮而且眞的很好吃，所以一直以爲是想要吃那炸紅薯才會一放假就往堀山兄家跑。可是等到自己就快要三十歲的時候，有一天，才發覺其實不只是那個樣子而已。我會因爲與堀山兄見面而感到安心，因爲知道別人的遭遇比自己還慘而感到安心。

ＫＴＶ包廂的塑膠地板四處破損而且被灑出來的食物湯汁弄得髒兮兮的。前奏的銅管樂器演奏結束，接著傳出吉他的音色。這首歌的歌詞，開頭並不是太陽，是北風。我的喉嚨震動，北～風，這兩個字化爲旋律從口中發出，自己也聽得到這歌聲。當然，這個聲音並不會傳到這間ＫＴＶ包廂的外面去。這間包廂被裝有厚玻璃窗的門隔開，也聽不到其他包廂的歌聲或是談話聲。紅髮女孩正準備喝烏龍茶。對我來說，中山是一個不可或缺的人。喝著酒在我面前掉淚的中山是被我拯救了，我的妻子曾這麼說，可是她錯了。是中山救了我。不知道剛才在車站月台看到的那個年過半百的男人是不是沒有這樣的朋友。

北～風，我聽得到自己唱出的歌。歌聲似乎在我的體內迴響。我的兒子五年前高中畢業，如今既沒有去工作也沒有繼續升學。女兒進了美容的專科學校就讀，但是在去年因病休學。女兒曾經表示畢業之後想要出國，可是我不同意，後來女兒就發病了。可是心療內科的醫生卻表示，發病的原因與我反對女兒出國並沒有關係。中山經常對我說，他過去都被騙了。我正在找工作，可是好像找不到。房子的貸款還剩六年。這半年來，存款已經用得差不多了。我覺得紅髮女孩好像正指著我，不知在說些什麼，也覺得確實聽到了她的聲音。剛才在車站月台看到的那年過半百的男人到底是什麼人呢？上個月，我的妻子開始去兼差。「好歹去找個工作吧，不然將來就辛苦了。」一個禮拜前，我對兒子這麼說，兒子卻回嘴：「與其擔心我，不如想想你自己吧！」

「北風」之後的歌詞是，「吹過的」。我好像正看著紅髮女孩身上紫色衣服的起伏。KTV包廂裡的視野狹窄，有時候根本搞不清楚自己正注視著什麼東西。金髮女孩正用黑黑的指甲前端指著雜誌上的彩色照片。黑黑的指甲附著在肉色的手指，手指連著手背，長在手背上的毛經過脫色，手背再過去，連接著戴有好幾個銀色手鐲的手腕，手腕上除了銀色手鐲之外還戴著手錶，不過從我所在的位置看不見錶盤。戴著手錶的手腕向有紅黑色斑的手肘延伸，而那手肘有一半被襯衫遮住了。之前站在車站月台的那個男人是不是已經跳下去撞電車了呢？自從我沒了工作之後，中山就沒到我家來了。是我拒絕了他。紅髮女孩拿著裝了烏龍茶的杯子，將杯緣置入上下唇之間。玻璃杯表面滿是水珠，水珠沿著玻璃杯的外壁往下滑，聚集在杯底邊緣的同一個地方，就如同花苞般逐漸膨脹起來。

吹～過～的，我繼續唱著。聽起來是我的聲音不會錯，可是不知道這歌聲是不是也在我的視野範圍中響著。兩個女孩子並沒有看著我。或許我的歌聲並沒有傳到她們那裡也不一定，或許歌聲只在我的腦袋裡響著也不一定。過去也不時會陷入這種感覺之中，這種好像自己被阻隔在自己的視野之外的感覺，其實是工廠關門以前就有的。我在這種感覺之下與孩子和妻子相處，在這種感覺之下念完大學。開始去兼差的妻子曾經很晚才回來。

我從不曾對妻子暴力相向。聽中山說，近藤那個人經常對妻子動手動腳。妻子非常晚才回來的那一夜，我起來想去上廁所，聽到裡面傳出有人嘔吐的聲音，廁所的門縫飄出酸臭味。知道嘔吐的是妻子時，實在很想揍她。可是那個時候我不但沒有動手，當妻子從廁所出來後，還問她要不要緊。去參加聚會，喝了點酒，妻子回答。雖然後來我又說了些什麼，可是卻覺得那聲音沒有傳遞給任何人，因爲妻子並沒有回應。那個時候我的確說了什麼，可是聲音被阻隔在我的體內，並沒有向外擴散。

我開始害怕在電視畫面上看到接下來的歌詞——「吹過的」之後的歌詞是「寒冷」，我知道那歌詞是「寒冷」。要發出「寒」這個音，就必須調整嘴型，可是我卻覺得那好像是不可能的事情。可是，似乎眞的可以聽到「寒～冷」這樣的歌詞。搞不清楚自己是不是實際正唱著歌。兩個女孩子並沒有看著我。雖然不知道兩人正在做什麼，不過可以確定的是並沒有看著正在唱歌的我。我真的在這間KTV包廂裡面嗎？我的面前有支麥克風，看起來像是金屬製成的冰淇淋。有個人正用手握著麥克風。我開始懷疑自己是否就是月台上那個年過半百的男人？我在車站的月台上遇見了另一副面孔的另一個自己，然後與那另一個自己分開，被兩個女孩子約去吃飯。搞不清楚是我，還是另外一個我，那個男人在平價餐廳吃了三明治。那個男人邀兩個女孩子去唱KTV。然後，有一個人，正唱著吉永小百合與馬希那之星三十多年前的暢銷曲。

「寒冷」之後的歌詞是「清晨啊」。一面配合著「清晨啊」這段歌詞變化嘴型，心裡一面這麼想：「我也被騙了。」我一直以來都被騙了。雖然我去上了大學，在知名家電廠商的零件外包工廠上班，可是這些事情一點意義也沒有。如果這些事情有什麼意義的話，就不會讓快要五十一歲的妻子在廁所嘔吐了吧。紅髮女孩手中烏龍茶玻璃杯杯底的水滴，就快要滴到桌面上了。

結婚喜宴

在鎂光燈的閃光此起彼落的結婚喜宴會場，
我想像著弘樹身上的傷痕，接著，
開始想像正要親吻那傷痕的自己。

喜宴的會場並不是在飯店，而是在代官山一家高級餐廳。我到達會場的時候，座位都快要坐滿了，男女服務生整理著餐具，司儀正在測試麥克風。領我就坐的是新郎的公司同事。聽說他們是在一家外資系的金融機構服務。來到座位旁之後，我先打量周圍一圈。沒有熟面孔。桌子上放著一張細長的紙片，上面以毛筆寫有我的姓名。須永怜子。曾經結婚換成夫姓，可是兩年之後又改了回來。望著紙片上自己姓名好一會兒之後，將視線移向旁邊的大小三把刀。刀上映出了天花板下的吊燈，並不是宮廷所使用的那種豪華而氣派的款式，而是像外國的鄉下宅邸所掛的那種，造型簡單的鐵製吊燈。

三名盛裝的年輕女子坐在我的對面，一直大聲談笑著。好像是新娘的高中同學。新娘名叫平野香奈美，幾年前曾經與我待過同一個職場，可是並不確定是否因爲這樣的交情而收到帖子。究竟會發給什麼樣的人帖子呢？我原本試著回憶自己結婚時的情形，但是心情似乎受到了影響於是又作罷。坐在右鄰的中年男子問了聲好，並且遞過來一張名片。好像是平野目前服務公司的上司。仔細一看，是一家沒聽過的編輯製作公司。我們負責製作經濟方面的雜誌，中年男子說。不好意思，我的名片不巧用完了。我這麼說。這還是今天第一次聽到自己的聲音。我經常聽平野提起妳喔。中年男子側過上半身面向我，打開了話匣子。他穿著黑色皮夾克，白色絲質襯衫，打了一條帶光澤的紫色細領帶。長頭髮緊緊束在腦袋後面，不知道是平常會去打高爾夫還是上了日光浴沙龍，臉孔、脖子以及手背都好像衝浪客一樣曬成了淺黑色。平野到底對這個男子說了些什麼事情呢？

在前一個職場，有優秀的前輩指導了工作的方法，幫助非常大，平野經常對我這麼說喔。男子一面從夾克的內口袋掏出雪茄點上了火，一面這麼說。我還是第一次這麼近距離接觸抽雪茄的男人。我和平野曾經待過一家進口文具的公司。當時我剛離婚，就快要三十歲了，記得平野比我小六歲。在同一個職場待了將近兩年。四年前，我們兩個恰巧在同一時期離職。之後很少聯絡。寄張賀年片，偶爾來封電子郵件，大約就是這樣的感覺。「認識今天的主賓嗎？」男子問。聽我說不認識，他似乎很得意地說出一個經常上電視的經濟評論家的名字。隨後又加以補充，這位知名經濟評論家之所以會答應來當主賓，是透過他牽的線。

作爲會場的餐廳大約有三十坪大，排放了三列長條桌。來參加宴會的賓客大約一百二十人左右。餐廳最裡面那一桌坐著新郎、新娘和證婚人。那一桌的座位作爲上座。我的座位在中間那桌靠邊處。「請問要喝什麼飲料呢？」我聞聲回過頭去，看到服務生托著一盤飲料站在那裡。有啤酒、烏龍茶、紅酒，以及柳橙汁。如果有 Club Soda 的話，請給我來一杯，我對他說。請稍候，我現在就去拿。那個年輕侍者的聲音卡在我的心裡。就好像在黑暗中纏到臉上手上的蜘蛛絲一般，那年輕男子的聲音掛在我的身體四處殘留在那裡。

在大批陌生人以及他們的談話聲包圍下，記憶彷彿快要融解出來似的。我很後悔來參加喜宴。或許應該離開餐廳到外面去也不一定。很不可思議的，一個人在屋裡獨處的時候，記憶會靜靜待在我的身體裡。有人認爲，人體會放出類似能源波的東西，那種類似波動的東西會震動搖撼其他人的記憶。是不是現在就直接離開這裡比較好呢？只不過，剛才走來這裡的時候，在這家餐廳外面也有類似的東西。精品店和咖啡廳裡擠滿了人，從其間走過，就不由得心情起伏無法鎮靜下來。

那個年輕服務生將 Club Soda 送過來之後，我或許會憶起弘樹的事情也不一定。人的聲音、神情與氣味，好像都會干涉封閉起來的記憶。「怎麼啦？」坐在左邊的男士這麼問。或許是我多管閒事，可是如果您不舒服的話可以跟我說。男子穿著應該是喀什米爾料子的黑色西裝，領子很特別的襯衫上打了蝴蝶領結。他拿起放在腳下的公事包，從裡面取出透明的塑膠文件夾給我看。文件夾裡滿是經過仔細整理的各色藥品。我的身體不好，如果不這樣隨身攜帶藥物的話就會覺得不放心。這裡主要是心臟與肝臟方面的藥物，不過其他各種病痛的藥物也大致齊全，就連鎮定劑都有藥效強弱不等的四種，如果有需要的話請跟我說。

謝謝，我向他道謝。哪裡，不客氣，如果有需要的話請隨時跟我說喔，說著，男子取出一粒藍色膠囊吞了下去，同時將裝藥的文件夾收進公事包裡，放回腳下。還不到五十歲，短髮，談吐穩重。是不是了解情況的人立刻就能夠看出我的精神狀況不穩定呢？大概在兩個月之前，我開始會沒有任何前兆就突然呼吸困難，心跳加速，這種前所未有的經驗反覆出現了很多次，而其中的原因恐怕與弘樹有關。在自己的房間裡，在人群中，在電車上，在車站的樓梯上，在各種場所發生了同樣的情況。到好幾家醫院去檢查過，都說看不出身體有什麼異狀，應該是疲勞所引起的自律神經失調吧。雖然也有醫生認爲是憂鬱症的前兆，但也表示靠輕度的鎮定劑或安眠藥就足以消除不安，並沒有開給我抗憂鬱劑的處方。

左手邊的男子，是否知道我的皮包裡經常藏著鎮定劑呢？不好意思，我主動對那男子開口，並講出一種鎮定劑的名稱。大約在三個月之前，開始經常會感覺呼吸困難，結果就漸漸離不開那種鎮定劑了。男子邊聽我說邊點頭。「這種情形，是不是懂得的人一眼就能夠看出來呢？」我這麼問。「我的看法其實更單純。」男子說著露出微笑。靦腆的、令人覺得安心的微笑。

說起來或許有點奇怪，可是，因爲我很不善於應付這種場合，所以就認爲別人面對這種場合的時候一定也很苦惱。正愉快聊著的人倒還好，那些自己一個人過來，沒有任何談話對象的人，心情一定和我一樣沒有辦法鎮靜下來吧。我只是單純這麼認爲而已。

「一直覺得自己很奇怪，爲什麼會不善於應付這種場合呢？」我這麼問。聽了男子的談話之後，心情稍微鎮靜下來了。以我來說，情況並不限於結婚喜宴或是派對。這很難解釋清楚，但只要是不特定多數的幾個人聚集在一起就會令我覺得很苦惱。不過像這樣一對一的談話就比較沒關係了。所以呢，只要在這種場合看到獨自一個人，沒有和任何其他人交談的人，我就會覺得對方和自己一樣。好像太愛管閒事了喔。聽著男子講話的時候，年輕服務生把我的飲料送了過來，說道：「我們沒有準備 Club Soda，請問 San Pellegrino 可以嗎？」我點點頭，將冰得很透的杯子接了過來。小氣泡不斷從玻璃杯底冒出來。不可以直盯著氣泡看，我提醒自己。以前曾經發生這種情形，因爲一直盯著鍋裡即將沸騰的水，結果記憶便隨之逐漸融解出來。

忽然想起某個男人對我說過的事情。那個人在撰寫電影劇本，是我上班的六本木一家俱樂部的常客之一。我經常與那個人一起去看電影，然後去吃飯。那個男人能夠預測電影劇情的發展。在《侏儸紀公園第三集》這部片子裡，男配角所飾演的年輕博物學家遭到會飛的恐龍攻擊，我認爲這個博物學家已經死了，可是那個男人卻說他還活著，而且會在電影的最後再度出場。電影到了最後，年輕博物學家眞的以身負重傷的姿態再度登場。所以電影散場後一起吃飯的時候，我問他爲什麼會知道。很簡單呀，一來沒有看到明確表示那個年輕博物學家已經死掉的鏡頭，而且劇本也給了觀眾一種印象，他在遭到無齒翼龍攻擊之前實在是個好人，換句話說，他被塑造成一個令觀眾不願意見到這個人物死掉的角色。不過，爲了要營造緊張氣氛，劇情必須朝著讓觀眾認爲他可能已經死掉的方向發展，讓身受重傷但仍然活著的他在最後出現，觀眾的情緒才得以紓解。這可以說是劇本寫作的基礎，所以那個年輕的博物學家是不能死的。如果打算讓他死的話，就非得使用不太一樣的敘事方式才行。

我總是邊喝著紅酒，邊聽那個男人講述這些事情。由於那個男人與國外的電影製作也有關係，不但很懂葡萄酒，對於備有保存狀態良好的美酒的葡萄酒吧和餐廳也瞭若指掌。在談論《侏儸紀公園第三集》這部片子時所喝的葡萄酒，我忘了叫做什麼名字，不過價格非常昂貴。嗅一嗅香氣，把第一口含進嘴裡的時候，由於實在過於官能性，直到現在都還清楚記得當時體內最深處的顫抖。我從來沒有喝過這種酒，我這麼說。那也難怪嘛，那男人笑著說。一來我的年紀將近妳的兩倍，而且也有相當的收入，所以不但喝得起這種酒，還有能力挑選對象一同品嚐。不過，我覺得有一點一定要注意，就是在品嚐這種酒的時候，會覺得這是人生中最棒的一瞬間。這種葡萄酒，在波爾多的龐馬魯區之中也算得上最爲珍貴的一瓶，其他葡萄酒根本無法相提並論，不僅如此，其他任何東西都無法與其相比。不但音樂無法與其相比，我認爲最好的一部電影也無法與其相比。不用說，就連性愛或是高潮都無法拿來做比較。

問題在於，不，或許不能說是問題，令人覺得有意思的是，以前根本就沒有人需要這種酒。在我小時候，在我們鄉下甚至沒有任何人知道世界上存在著這樣的葡萄酒。當然，整個日本都很窮，也沒有外匯，所以沒有辦法進口這種酒，但是事實上是根本沒有這個需要。要和氣味相投的朋友一起喝兩杯的話，並不是非要這種高級的葡萄酒不可。不論是加了防腐劑的日本酒或是沒有味道的燒酎都已經夠享受的了。這種社會形態的殘骸依然遺留在居酒屋等等地方，不過這種東西遲早會消失吧。在一九七〇年代的某個時間點上，有什麼東西從這個社會上消失了。有人說那是全體國民所共有的悲愁，可是，消失的是什麼東西並不是多大的問題。重要的是，這個社會並沒有展現出與這種葡萄酒同等價値的東西，也沒有試圖去展現的意思。所以，有能力喝得起這種葡萄酒的人，或是有機會喝到的人，自然就會注意到其中那種無可替代性，而且會覺得，能夠喝到這種酒的時候，簡直就是人生中決定性的瞬間。這種感覺是毫無勉強成分的，只能夠順其自然的事情，所以我們也沒有辦法去抵抗這種意識的衝擊。因爲，飲用這種葡萄酒的瞬間是人生中最美妙的一瞬間，這種感覺是一種眞理，就算想要抵抗也辦不到。畢竟，這個社會裡並沒有能夠與飲用這種葡萄酒的那一瞬間相提並論的東西啊！如今，能夠喝得起這種葡萄酒的人會被別人羨慕。絕大多數的人，換句話說就是普通人，一生都喝不到這種葡萄酒。普通人，一輩子，都只能困在「普通的人生」的範疇裡頭過日子。於是到了最後，幾乎所有的人都會明白：普通，這種人生範疇之中完全沒有魅力。因爲這個緣故，我覺得今後將會發生很多悲劇吧！

坐在我對面的三名女性，正在談論這家餐廳如何有名，自己又知道多少間與這家餐廳同樣等級的餐廳與料理屋。如果要上這家餐廳吃晚餐，聽說就算提早兩個月都會訂不到位子。「沒有那種事情啦。」我的右鄰，穿著黑色皮西裝的男子對三人這麼說。「就算是當天，我都可以在這家餐廳訂到位子。」黑色皮西裝男子說。戴在男子曬得黝黑的右手腕的金手環晃動著。坐在那男子正對面的女子注意到那手環，似乎想要確認他的左手腕戴著什麼樣的手錶。身穿黑色皮西裝的男子抽雪茄所噴出的煙往天花板的鐵製吊燈飄去。這家餐廳供應的菜色以義大利菜爲主，不過裝潢設計卻是西班牙風格喔。身穿黑色皮西裝的男子，看著坐在我正對面的女子這麼說。三人之中，頭髮上插有和紙製成的裝飾品的那女性，容貌算是比較清秀的。她的右邊，坐在身穿黑色皮西裝男子正對面的女子，笑的時候連牙齦都會露出來；坐在身穿喀什米爾西裝，隨身攜帶大量藥物的男子對面的女子則是眼泡微腫，皮膚不乾淨，鼻子旁邊長了一個像是大疣的紫色顆粒。「妳知道嗎，從那個門出去，會有一個小中庭喔。」身穿黑色皮西裝的男子這麼問。「不知道。」頭髮上插著和紙製裝飾品的女子回答。

中庭裡甚至還有個噴水池，可是那裡並不是誰都可以進去的，對了，好像只有外國的要人光臨的時候，還有就是這裡的主廚和老闆的朋友可以進去吧。「好棒喔！」鼻子旁長了個像是疣的顆粒的女人誇張地提高音量，可是黑色皮西裝男子根本就無視於她的存在。一笑，牙齒就整個露出來的那女人好像在確認男子所戴手錶的品牌——整體呈金色，黑色錶盤，周圍鑲有寶石的手錶。男子似乎已經發覺有人正盯著自己的手錶。他將外套和襯衫的袖子拉起一些，讓金色的手錶露出更多。這個男人，我心裡想。這個男人，正試圖表示他不屬於「普通」這種範疇。不論是黑色皮西裝、緊緊紮在腦後的頭髮、曬得黝黑、手環或是手錶都是展示用的標誌，是小道具。妳們是同學對吧？穿著黑色皮西裝的男子這麼問那戴著和紙髮飾的女子，卻不理會其他兩人，彷彿她們一直都不存在似的。一笑就會露出牙齦的女人剎那間板起了臉，可能是發覺自己不被人放在眼裡了吧。

一笑就會露出牙齦的女人，右側坐著一個濃妝豔抹的中年婦人，比我年長十歲左右，應該還不到五十歲吧。灰色的天鵝絨無袖禮服，同樣顏色同樣布料的長手套，禮服的胸前大開，露出長了雀斑的皮膚，婦人的皮膚，就好像等待粉刷的泥牆一樣。那婦人的右側，是個令人聯想到草食小動物的男子。男子雙手擱在桌上拿著行動電話，眼睛直盯著手機的螢幕，並不時抬頭仰望天花板嘆氣。坐在那男子對面的男子，也一樣盯著手機的螢幕，「下跌啦！」說著，兩人互相點頭示意。他們似乎正在看投資情報之類的東西。像是小動物的男子的右側，同樣是個會令人聯想到小動物的男子。看起來好像連成了一整幅遠景似的，坐在那個男人右邊的男子還是像隻小動物。我想像著，有成千上萬身穿黑色禮服的男人擠在一起，正一個接一個從懸崖上往下跳的情景。今後大概會發生很多悲劇吧，撰寫電影劇本的男子這麼說的時候，我問道：「那麼，該怎麼辦才好呢？」那男子回答：「唯一的辦法就是，找出具有和這種葡萄酒相同力量的東西。」

音樂從原本播放的爵士樂換成莊嚴的古典音樂。司儀已經完成麥克風測試，正準備開始講話。我的左手邊那個隨身攜帶大量藥品的男子像在自言自語似地嘟囔著：再不趕快開始的話，就沒完沒了啦。我拿起 San Pellegrino 來喝。因爲冰得很透，氣泡仍沒有消失，我將杯子舉在眼前，注視著那氣泡，感覺到身體的某個地方出現了眼睛看不到的裂縫，記憶正逐漸從那裡融解出來。記憶是影像，撰寫電影劇本的男子曾經這麼說。就好像窗邊放下了百葉窗一樣，有一幅與喜宴會場不同的影像與我的視野重疊在一起。玻璃杯緣觸及嘴唇，帶著氣泡的 San Pellegrino 順著喉嚨往下滑。舒服的涼意，逐漸從皮膚與喉嚨滲入體內。我已經看到了與這個喜宴會場不同的風景的影像。呼氣變成白霧，寒意使得身體的輪廓變得明顯。那裡是一個面對街道的廣大公園，而我正走在樹林旁邊的散步道上。

我微微流著汗。大清早的公園裡沒有人氣，鳥群化爲剪影浮現在散步道的鋪石上。腳邊的草上還附著有露珠。散步道的那一頭，可以看到被花壇和自行車道圍起來的草地。我在這個公園裡遇見了弘樹。弘樹雙手抱著個東西，穿過樹林，突然出現在散步道上。四下張望，發現我之後做出像是嚇了一跳的動作，但是因爲他戴著全罩式的安全帽，看不到臉上的表情。弘樹蹲跪下去，將雙手抱著的東西輕輕放到地上，然後脫下安全帽。因爲是逆光，我沒辦法辨識那是什麼東西。弘樹開始徒手在散步道旁的地上挖起洞來，但是土壤太硬，沒多久就又放棄，回到樹林裡尋找能夠充當鏟子的東西。我走上前去，看著一個試圖用木塊挖洞的青年，一旁還有隻貓的屍體。弘樹所穿的外套上繡有公司的商標，商標上是一家機車快遞公司的名字。「是不是得快一點啊？」我問，可是弘樹什麼也沒有回答。

「那邊要架設新的浪船和滑梯，已經挖好了埋設支柱用的坑，不知道埋在那裡行不行。」我說。「浪船？」他望向我，發出了嘶啞的聲音，額頭和臉頰都汗濕了。我帶著弘樹朝著與樹林相反的方向走，去看那工程現場。就在用藍色塑膠布覆蓋著的建材旁邊，已經挖好了四個可容納兩名成人的深坑。「埋在這裡的話，因爲以後會灌上混凝土，既不怕被野狗挖出來，浪船和滑梯還可以當作是墓碑，不是很好嗎？」我說。弘樹一言不發看看我，隨即朝散步道走去，將軟趴趴的貓屍抱了過來。我撿了一個掉在地上的便利商店塑膠袋。我把塑膠袋的袋口打開，弘樹將貓屍塞了進去。

我們就是這樣認識的。弘樹比我小九歲，在一家機車快遞公司打工，一面學習字型設計。一起吃過幾次飯之後的某一天，弘樹忽然問說能不能去我那兒過夜。因爲我的公寓距離機車快遞的營業處很近，弘樹認爲這樣可以比回他自己的公寓睡覺獲得更長的睡眠時間。聽到弘樹問是否可以去家裡借住的時候，我有種很奇怪的難以呼吸的感覺，就好像甜而烈的酒順著喉嚨流下去似的。自從離婚之後一個人生活至今，這還是第一次讓男人在家裡過夜，撰寫電影劇本的那個男人甚至還沒進過這間屋子。可以啊，我這麼說。既然已經答應讓他來家裡過夜，我打算一切都答應。可是那一夜，吃過火鍋之後，弘樹跟我借了毯子和枕頭，開始準備睡沙發，隨後連襯衫都沒脫掉就直接在沙發上睡了。因爲是第一次來，所以害羞吧，我想。可是第二次來過夜的那一天，還有第三次，弘樹都一直睡沙發。弘樹二十六歲，比我的小弟還要小三歲。要引誘比自己小九歲的男人上床，我覺得很難爲情。因爲自己也害羞，起初還認爲他可能是個純情的男孩，可是弘樹後來幾乎是每個禮拜固定會來過夜一、兩次，我開始覺得分開各自睡的夜晚似乎越來越難捱。

雖然我認爲非得找個時間對弘樹說才行，卻又害怕被他討厭，一直說不出口。三個月前，我生日那一天晚上，弘樹帶著花束和自己做的禮物來送給我。滿天星中搭配三朵玫瑰的小花束，以及裝在CD盒裡，自己繪製的美術字作品。我們喝了一瓶一千兩百圓的香檳。飯後，我看著正方形的紙上以美麗的哥德體繪製的「CRAZY for REY」，心情一陣混亂，結果流下了眼淚。弘樹叫我REY（怜）。既不是討厭我，也不是只把我這裡當成住宿處。這雖然令我感到高興，但是一想到既然如此，爲什麼又總是分開來各自睡，又覺得很難過。一回神，我已經開始講起過去一直沒提起過的，關於自己的事情。在靜岡的老家和一個銀行職員結婚，可是那是嚴厲的父親所決定的婚事，沒多久便出現了破綻。在那之後來到東京，在好幾家公司上過班，但因爲並不是正式職員，不論怎麼努力工作，最後都還是遭到解雇，現在是在六本木的倶樂部上班，今天滿三十六歲，喜歡你喜歡得不得了，但因爲年齡相差太大，或許其實不應該喜歡上你的。可是弘樹既然在這裡過夜，卻碰也不碰我一下，這令我覺得非常痛苦。你年輕，明明會有性慾才對，可是卻碰也不碰我一下，實在是很過分喔！我受傷了喔！

我也很喜歡怜啊。弘樹這麼說。可是，我有不能夠赤身裸體的苦衷。在我能夠將那苦衷說出口的時機來臨之前，我決定不再來這裡了。目前還不行，可是我想，過一陣子之後應該可以說得出口吧。我並不是不想抱怜啊。說了這些之後，在我的生日那天晚上，弘樹就回自己的公寓住處去了。弘樹回去之後，屋子裡空虛得令人毛骨悚然，我洗衣服的時候好幾次差點大叫出來。想聽到他的聲音，可是從香檳的醉意中清醒之後，想起自己剛才所說的話就覺得很丟臉，沒有辦法打電話。而且，總是會在道別之後打電話給我的弘樹也沒有打來。就這樣，我的三十六歲生日結束了。第二天一大早去公園，也沒有看到弘樹的身影。因爲去六本木上班就覺得很痛苦，連續曠職一個禮拜，所以店裡的媽媽桑跟我說可以不必再去了。由於手頭還有點積蓄，就勉強靠那過日子。可是兩個禮拜過去了，一個月過去了，弘樹都沒有與我聯絡。聽說妳辭掉工作了喔。撰寫電影劇本的男子很擔心，曾經多次打電話給我。撰寫劇本的男子也曾一天之中打了兩次電話來，在第二通電話裡，我把弘樹的事情說了出來。

芹澤友彥先生與平野香奈美小姐的結婚典禮，現在開始。擔任司儀的男子這麼說之後，場內暗了下來，開始播放結婚進行曲，身穿白色婚紗的平野出現在餐廳的入口處。請各位貴賓給新人熱烈的掌聲。聚光燈讓新郎新娘浮現在一輪白光之中，兩人開始緩緩踏出步子。坐在我對面的三名盛裝女子拿出數位相機準備拍攝新人。只要一緊張，平野的鼻頭就會冒汗哩。黑色皮西裝男子把嘴靠近我的耳邊這麼說，像在竊竊私語。也有人站起來拍手，可是坐在我左鄰的男子卻哎呀哎呀嘆著氣，沒兩下子就停手不再鼓掌。

那小子八成是身上的什麼地方有傷痕吧。撰寫電影劇本的男子這麼說。而且那小子把那個傷當成祕密，自己非常在意。我猜他從來沒有讓其他任何人看過。所以，即使他很喜歡妳而且很想抱妳，卻沒有辦法赤身裸體吧。還是妳主動打電話過去，完全不要提生日那天夜裡的事情，只說想要見面，或許這樣比較好。關於傷痕的事情，妳絕對不能夠自己先提起喔。如果他再次出現，並且脫掉襯衫裸露出身體的話，在他主動講出那傷痕的事情之前，妳還是什麼都別說比較好。然後，再把妳對於那傷痕的感覺老老實實說出來。撰寫電影劇本的男子這麼表示。各位貴賓，現在新郎新娘即將入座。請大家再給這一對新人熱烈的掌聲。照相機的鎂光燈在各處閃起，平野在那光亮中露出快樂的微笑。

在鎂光燈的閃光此起彼落的結婚喜宴會場，我想像著弘樹身上的傷痕，接著，開始想像正要親吻那傷痕的自己。

聖誕夜

不論在酒吧裡的那些男人、那兩個女人，
或是在高井戶那邊等待著的齊藤，他們的臉，我都記不清楚。

走在我前面的那一對情侶，被一家外牆繪有黑色G、U、C、C、I字樣的店給吸了進去。繼續追蹤那兩人的身影好一會兒，只見男方用手指著放在牆邊的一個小皮包。店員走上前去取來那皮包，遞給緊貼著男方站著的女生。一頭茶色短髮的女生，穿著奶油色的皮夾克，背著一個雙肩背包，背包上的口袋縫了一隻布偶。男方則是蓄長髮，穿了一件連帽的毛呢大衣。一副應考生的打扮，我心裡想。女生拿著皮包，臉上露出微笑。好像是爲了活下去而從三歲起就開始練習微笑似的，那樣的微笑。之後我又看了好一陣子，看到那個皮包被人用純白的紙包起來，裝進盒子又加上了金色緞帶作爲裝飾。金色緞帶在空調的微風下輕輕晃動。我與那緞帶之間隔著一層厚玻璃。今天，是聖誕夜。

我又沿著馬路繼續走下去。漫無目的地走著。我只是不願意回自己的公寓住處，也沒有心情去高井戶朋友們的派對現場露個臉。我知道自己現在想做的事情是什麼。我想見那個男人。可是，那個男人好像正在國外工作。之所以說「好像」，是因爲我並不知道那是否屬實。我既沒有去成田機場送行，也沒有打電話去那男人投宿的飯店確認過，只是兩個禮拜以前聽他說過，因爲工作得去歐洲一趟。

伊勢丹百貨的櫥窗映出了今年二十七歲的我。身上穿的是那個男人送的白色羽毛外套，腳上的是黑色短靴。因爲頭髮蓋住了額頭，看不清楚臉。以前，我看到映在鏡子或是櫥窗玻璃上的自己就會感到不安。「這個女人到底是什麼人呢？」一這麼喃喃自語，自己與映在鏡子或是櫥窗上的女人是不是同一個人，有時就會變得曖昧不清。這點事情根本微不足道，每個人都曾經有過這樣的感覺。那個男人這麼說。我的頭髮蓋住了額頭，看不清楚臉。櫥窗玻璃的那一側，有燈泡裝飾成的馴鹿。馴鹿與我之間被一層厚玻璃隔開。我再次邁出步子，大約兩分鐘之後，手提包裡的行動電話響起。是聚集在高井戶的友人之一，齊藤打來的。現在出發還來得及，過來吧，齊藤說。妳沒有過來，大家都說很無聊呢。「不好意思，一時還沒辦法過去。」我說完正打算掛掉電話，齊藤又接著說：「晚一點也沒關係，打個電話給我好嗎？」我用一句再說吧應付過去，然後切掉電話。

我不曾對任何人提過那個男人的事情。並不是那個男人禁止我說，那個男人並沒有禁止我做任何事情。那個男人在拍電影，有時當導演，有時寫劇本，有時也當製作人。我曾經看過那個男人的兩部作品。一部是那個男人的處女作，描述的是一個酒精中毒、孤獨的美麗女子的故事，另一部則是最新的作品。一個日本女子與法國男子的愛情故事，以普羅旺斯和摩洛哥作爲舞台。剛認識那個男人的時候，我在一家進口洋酒的公司上班。因爲公司爲那個男人的最新作品提供了協助，供應在電影中用來作爲象徵的香檳，同時也成爲試映會的贊助廠商。我原本在公司負責宣傳及公關業務，後來因爲身體出了狀況而停職，可是與那個男人的關係卻依然維持著。

若是將下一部電影的構思跟別人說了的話，要把電影拍攝出來的決心就會變淡，那個男人曾經對我這麼說。光是讓別人聽一下電影的點子就會覺得比較安穩一些。就好像傾斜的翹翹板一樣，如果自己本身不是處於不安定的狀態，就沒有辦法把電影拍出來。製作電影並不是一件簡單的事情，所以，即使只是從「說不定這部電影並沒有辦法實現」的不安之中稍微獲得解放，絕對要把這部電影拍出來的決心就會變淡了。與我親熱之後，那個男人邊撫摸我的頭髮邊說了這些。我喜歡說著這些事情時的他，也覺得跟別人談過之後決心會變得沒有那麼堅定，是正確的看法。公司的夥伴們應該都去了高井戶參加派對，現在正喝著葡萄酒和香檳、吃著風味佳餚吧。他們的年紀幾乎都與我相當，對我有好感的齊藤也是其中之一。可是我沒有對他們任何一個人提過那個男人的事情，齊藤自然就更不用說了。並不是因爲那個男人是個名人，而且已經有家室了。是因爲，如果跟朋友講了那個男人的事情，似乎就有什麼重要的事情會在我的心裡淡去。

新宿的街頭人潮擁擠。從現在一直到深夜，人潮可能還會增加吧。可是，形單影隻走在街頭的好像只有我一個，其他人不是成雙成對，就是成群結隊和朋友在一起。我暫時停下腳步，正望著覆蓋在百貨公司壁面上的燈飾時，「這個，請參考一下。」一名年輕男子說著將一張傳單塞進我的手裡。傳單上寫著「致　將孤單度過聖誕夜的女性」，「女性」兩個字的旁邊標註著小字「就是妳」。我們全都是服務於一流企業的紳士，並不是什麼職業的牛郎。因爲已經厭倦了傳統方式的聯誼，想尋找同樣可能孤獨度過聖誕夜的妳爲伴。爲了證明並非特種營業，我們目前正在都內某飯店的酒吧，衷心期待妳的聯絡。文案這麼寫著，最後還留有行動電話號碼。原來有很多人都將一個人度過聖誕夜，我心想。裝飾在百貨公司牆面上的一顆顆小電燈泡，似乎就象徵著我和他們。

爲了電影宣傳而一同前往巴黎的時候，那個男人說要找個機會去摩洛哥。那是去年十一月，初冬的巴黎天空陰霾，氣溫冷得必須要穿厚外套才行。我們住在羅浮宮旁邊的一家古老旅館，品嚐生蠔、鵝肝醬以及越南菜，逛美術館，並且一次又一次做愛。一個禮拜的時間裡，我一直和那個男人在一起，聊各種話題。在左岸的巴克路一家越南餐館，喝一瓶價格近千元美金的龐馬魯葡萄酒，Chateau Petrus。這個年分的這種酒，只有在這家店才喝得到了，那個男人邊在桌子上轉動葡萄酒杯邊這麼說。我過去從來沒有喝過那樣的葡萄酒。那種酒，不論是香氣或是味道都很平順，能夠很平順地沿著喉嚨滑落，是其他香氣和味道都沒有辦法相提並論的。每次喝進這種葡萄酒，都會懷疑現在喝的到底是什麼。自己沒有辦法指認和確定那香氣與味道。

與我過去所喝的葡萄酒相比，這種葡萄酒所產生的醉意也不同。再怎麼喝，神經也不會變得遲鈍。會有醉意，卻不會令人頭昏腦脹、指尖麻痺或是變得多嘴饒舌。邊喝那種葡萄酒，邊聽那個男人只說給我一個人聽的話語聲，就會逐漸明瞭那個男人話中的意義，彷彿話語逐漸在體內融解似的。我還是第一次有這樣的體驗。

聽到那個女人說自己休假時經常呼朋引伴前往法國或是義大利去住鄉間小旅店的時候，我就覺得她是一個寂寞的人。說得更正確一點，並不是心裡認爲她是個寂寞的人，而是接收到那個女人所發射出來，類似寂寞的訊號波的東西。當然，或許那個女人並不是個寂寞的人。因爲我們純粹只是在一次會議中遇到的，對她的私事一無所知。但是連我自己都覺得可怕的是，在那種時候，我的直覺從來沒有失誤過。對於人們的撒嬌、依賴與寂寞，我幾乎沒有誤判過。我們並不是爲了享受美食而活著的，也不會因爲享受了美食，人生就會變得比較輕鬆。重點並不在於吃了些什麼，而是在於跟誰一起吃。相較之下，享受美食並沒有與人相知相惜來得重要。走訪各地的小旅店，是已經沒有必要再與人相知相惜的老人家所做的事情。從相識到現在，妳從來不曾給我那樣的感覺。

我感覺到葡萄酒和那個男人的話語一同進入了自己的身體裡。就如同Chateau Petrus 滲入內臟予人一種獨特的刺激一般，那個男人的話語也溶入了我的心中。並不是接受了他的說明，也不是被說服了。既沒有被言語冒犯，也不是聽到了閒扯淡。在那種情況下，我邊聽著那男人的話語，心裡邊想像著接下來將在房間的床鋪上度過的時間。

在聖誕夜這一晚，這個樣子獨自在新宿街頭漫步的時候，我應該用怎樣的心態去回憶在巴黎度過的那些時間呢？「找個機會去摩洛哥吧。」那個男人曾經這麼說。「如果一起去柏柏族人的村落看過，妳應該就會明白，我爲什麼想要去摩洛哥拍攝電影了。」摩洛哥到底是個什麼樣的地方，我根本無法想像。那個男人想要對我說的大概是關於距離吧，我心裡想。當時我們已經來到了巴黎。然後有一天將會前往摩洛哥吧。即使是這個樣子在聖誕夜裡漫步在新宿街頭，只要輕輕閉上眼睛，我都可以讓初冬的巴黎街景在腦海中浮現出來。兩個人手挽著手走在灰色的鋪路石上面，一路上呼出的熱氣凝結成白霧。

百貨公司旁邊的巷弄裡，一個中年女性算命師直盯著我看。算命師對我招手。我搖搖頭，對她表示不好意思。算命師嘴巴動了動，似乎正對我傳達什麼訊息。「妳說什麼？」我走上前去這麼問，算命師說：「一定要把握住幸福啊！」

巴黎是過去，摩洛哥則是未來。去年的十一月，在巴黎，我的確是很有生氣，可是去了摩洛哥是否能夠獲得相同的生命實感，就不一定了。或許我和那個男人會在看到摩洛哥的沙漠之前分手也不一定。找個機會一起去摩洛哥吧，那個男人的這句話對我表達了希望與距離。我正在遠離摩洛哥沙漠的場所，在雜沓的人群中走著。

「妳是獨自一個人嗎？」

我試著撥了留在手中傳單上的行動電話號碼。傳來一個植物性的男性聲音。沒有辦法從聲音判斷出對方的年齡。「一個人嗎？」對方問，聽我回答「是的」，對方又問我是不是能前往副都心某家飯店的酒吧。我走到靖國大道，攔了一輛計程車。

「我攔了一輛計程車，剛上車。」

這麼說之後，計程車司機從後視鏡看看我。我對司機說了那家位於副都心的飯店的名字。計程車裡很暖和，車窗玻璃將成群的行人隔在外面，使我的心情稍微平靜了一點。「外頭很冷吧？」計程車司機問道。我決定不予理會。司機是不是會生氣呢？透過計程車的車窗往外望去，路上行人的臉看起來都一樣。陸橋下塞車，司機不耐煩地一再摁喇叭。霓虹燈與燈飾的光亮照進車裡，在司機的臉部和脖子上形成了五彩的圖案。我也把手抬至窗邊，看著燈飾的紅光與黃光映在自己的手掌中閃爍。可以看到遠方有十幾棟摩天大樓，還有大樓用窗戶透出的燈光排出了聖誕快樂的字樣。

飯店大門口陳列著聖誕老人與馴鹿造型的石膏像。好幾輛計程車同時停了下來，盛裝打扮的情侶檔客人在門僮的引導下從旋轉門走到裡面去。大廳照明的亮度已經調降下來，還聽到歌聲傳來。「聖誕歌曲的合唱才剛開始喔。」高個子的門僮告訴我。身穿黑色晚禮服與白色長禮服的男女各七人組成的合唱團正在演唱聖誕歌曲，合唱團員手持燭台，燭火搖曳著，蠟燭的火光映在大理石地板上晃動著。

那個男人正站在酒吧的入口處等我。「是剛才打電話來的那一位，對吧？」他跟我確認。看起來是一家頗受好評的酒吧，不論吧台或是一般桌都看不到空位。帶我到靠裡頭的一桌坐下來之後，男人自我介紹：「敝姓酒井。如果沒有辦法取得信任的話就沒有辦法開始了。」說著並且將名片和職員證遞給我。除了他之外，在座的還有四名男子，另有兩名女子坐在他們之間。換句話說，有五名男子製作了那傳單，連我在內有三名女性接受了邀約。

「想喝點什麼嗎？我們喝的是葡萄酒和香檳。」

酒井在一家中堅廣告公司服務，今年三十四歲。其他四人並不是服務於同一家公司，而是在一個與葡萄酒有關的網站上認識的朋友。雖然聽到大家都報上了姓名，可是我還是表示：因爲只打算待一下就走，名字的部分還請見諒。酒井聽了之後問道：「這個樣子我們會不知道該怎麼稱呼才好，是不是可以取個臨時的名字呢？」我同意之後，名字就暫時成了明子。

明子小姐，剛才呢，我們正在輪流說一個與葡萄酒有關的小故事。坐在最左邊的那位名叫望月，是個跑案子的影像工作者，今年春天在銀宿巧遇一個國小的女同學，而且在當天晚上喝了 Opus One。而且聽說那個小學女同學的家裡是在九州鄉下擺拉麵攤的，連中洲一家拉麵店的女兒都能夠喝到 Opus One，不管怎麼說，我們都可以得到一個結論，那就是日本依然很富裕啊。

坐在望月旁邊的短髮女士是，朱美小姐，還不到四十歲，自己經營了一家小旅行社。沒錯吧，朱美小姐。聽說大約在五年前，朱美小姐曾經前往洛杉磯，在比佛利山莊一家義大利餐廳，由於華倫・比提請客，喝到了一杯由Baron Philippe de Rothschild所生產的智利葡萄酒。那天晚上實在是非常幸運，因爲華倫・比提帶去的女伴正好在當天過生日，於是請了所有在那家餐廳裡的人喝那種葡萄酒。

把朱美小姐夾在中間，大模大樣抽著雪茄的叫做松永，是一位音響機器公司的工程師。松永說，三年前在靠近瑞士的霞慕尼被一位四十多歲的前東歐女性所勾引，先喝了在雪中埋藏過的Chassagne-Montrachet，然後以騎乘體位享受了一百分鐘左右的性愛。坐在松永對面，紅色洋裝的那一位是，園田惠理子小姐。聽說她是一家知名調頻電台的節目主持人，可是我們誰也沒聽過那個節目。園田小姐原本一直和一個老黑交往，可是因爲家裡強烈反對，沒有辦法，只好在去年分手了。聽她說，那個老黑來自路易斯安那，曾在紐奧爾良吃炸鱷魚肉時配著班多爾（Bandol）的玫瑰紅葡萄酒，而那是他的品酒生涯中印象最深刻的一種酒了。

坐在園田小姐左邊，穿著西裝，打扮很像戴夫．史派克（Dave Spector，日本知名外籍媒體人）的是野田。野田服務於一個即將遭到淘汰的官方金融機構，只有他一個人與葡萄酒沒什麼緣分，因爲出生在新潟，所以說的是與越乃寒梅有關的小故事。園田小姐右手邊的那位是吉野，吉野從事的是與藥品有關的行業。吉野剛才提到的葡萄酒，是托里諾舉辦展覽會時特地遠赴當地去品嚐的 Biondi Santi。

我邊喝著香檳邊聽著酒井說明。在酒井的冗長說明途中，齊藤又打了一通電話來，可是我表示一時還沒有辦法過去，拒絕了他的邀約。「妳那邊聽起來很熱鬧，到底是在什麼地方呢？」齊藤問道，可是我並沒有回答。園田以及朱美兩名女性都是三十多歲。朱美穿著套裝，園田身上的則是洋裝。朱美似乎看上了望月。拔掉香檳或是葡萄酒瓶塞的聲音在酒吧裡此起彼落。

「如果覺得我這麼說很失禮的話，我先道歉。我已經在這家飯店訂好了房間。」酒井這麼對我耳語。酒井的氣息吹上了耳垂，可是我自己也搞不清楚那到底是舒服呢，還是不愉快。那個男人在歐洲，只在三天前寄了封電子郵件給我，連一通電話也沒打。園田蹺起穿著黑絲襪的腿吸引了男士們的視線，彷彿在考慮該選擇哪個男人當今夜的對象似的。望月試圖親吻朱美，但是遭到拒絕。別急嘛。我聽到了朱美的聲音。聖誕夜這一晚，時間才剛剛過了十點而已。

慾望傳染開來。園田似乎選上了松永。酒井喊了四、五聲明子小姐之後，我才意識到他是在叫我。請明子小姐也講一個與葡萄酒有關的回憶吧。好啊，可是請稍等一下，我這麼說，並且站了起來。假借去上洗手間的名義，我走出酒吧，望著飯店的大廳。聖誕歌曲的合唱已將近結束。穿著晚禮服的男人聚在一起，看起來非常顯眼。穿著深色西裝的男人也非常多，往下俯瞰，不禁覺得這個大廳還眞像個螞蟻窩，螞蟻群爲了追尋照明而移動著。我是不是應該對酒吧裡的那些男人講述有關 Chateau Petrus 的回憶呢？今天晚上要跟那些男人中的哪一個上床呢？到底是希望獲得什麼東西，我才會接受那張傳單上的邀約呢？

齊藤正在高井戶等我。而我等待的男人卻在相距甚遠的地方，想聯絡也聯絡不上。「在這裡做什麼？」出現在我身旁的酒井問道。一個女人穿過大廳走了過來，身上穿著領子綴有狐毛皮的外套。拿著行動電話的酒井對那女人揮了揮手。原來是又有看到那傳單的女人來到了這家飯店的酒吧。酒井就在身旁，我看不到他的臉。穿過大廳朝我們走過來的那個女人的臉也是看不清楚。這麼說來，不論在酒吧裡的那些男人、那兩個女人，或是在高井戶那邊等待著的齊藤，他們的臉，我都記不清楚。有哪個人可以辨別一隻隻螞蟻的長相呢？新來的女人從我身旁經過走進酒吧裡，看不到了。

車站前

會有很懷念的感覺只有在聽第一首的時候，
而且只到中途為止，如果持續聽了五、六首，也不知道為什麼，
心情就會變得越來越憂傷，越來越憂傷，最後甚至會想死。

將車票插入自動收票機，當票被吸進裡面的時候好像會發出聲音，可是周圍人聲鼎沸，聽不清楚。雖然很想確認一下那聲音，但因爲後面還跟著大批的人，沒辦法停下腳步。出了收票口就是一條有穹窿式屋頂的通道，左側有一道階梯，下去之後是計程車招呼站，右側則是一個設有公車站的圓環。收票口的旁邊就有一家車站便利舖，小舖的對面那一側擺了一些販售中國物產的攤子，陳列著肉包、糖炒栗子、荔枝以及紹興酒等等商品。距離那些攤子數公尺之處擺著垃圾桶和細長的圓柱形菸灰缸，一個背著背包的流浪漢，正在用免洗筷之類的東西蒐集菸蒂。

看著這幅景象，我突然停下了腳步。跟在後面的人撞上了我的背，從我身旁繞過去時，那個人還說了聲抱歉。流浪漢戴著像是登山用的帽子，可是起初並沒有看出來，因爲帽子骯髒到與頭髮難以分辨的程度。通道裡人來人往，只有流浪漢的周圍豁地空了一塊出來。大家經過的時候都避開了垃圾桶與菸灰缸。望過去就好像河的正中央打了一根很粗的樁。流浪漢穿著連身的工作服，外面還套了好幾件運動衫和毛衣。

三個穿著同款紅色號衣（印有商號名稱的日式短外衣）的中國物產攤的店員，不住大聲叫賣。如果有客人走近，就笑咪咪地喊「歡迎光臨」，或指著商品對行人說「現在正便宜喔」，或邊派發傳單邊說明「東口的購物中心也同樣舉辦了中國商展喔」。可是他們絕對不會看向那個流浪漢。在這條路上，說不定看著那個流浪漢的只有我一個而已。第一次和大澤一起吃飯的時候，我們聊到了流浪漢。我發覺並不是自己看到了流浪漢而停下腳步，而是因爲想到了大澤。

我剛開始在澀谷的道玄坂一家瓷器店擔任售貨員的時候，大澤來到店裡，看了看展示架，立刻就購買了一個有田燒的香爐。繪有一對鴛鴦的香爐，價格非常昂貴。當我正在包裝香爐的時候，「不好意思，請問妳是東京人嗎？」他問道。「我是從九州的總公司派來東京的售貨員。」我回答。連點了好幾次頭之後，大澤說道：「我也是從九州來的。」然後從展示架上拿起一個三河內燒的小醬油瓶。看起來幾乎呈球形的白瓷醬油瓶，瓶腹的部分繪有一個紅色的圓。家母也曾經使用過看起來和這個一模一樣的醬油瓶，那已經是三十多年以前的事情了。我們並不是有錢人家，使用的應該不會是這種高級品，可是呢，眞的和我小時候用過的東西一模一樣。我原本考慮買下來，於是走進店裡來看看，也不知道爲什麼，靜靜細看之後，卻又不想要了。這麼說著，大澤將白瓷醬油瓶放回展示架上。我很想知道他後來之所以又不想要了的理由。

大澤從事的是音樂相關的工作，自己的辦公室同樣是在道玄坂。就在我上班的店附近。那一天，我接受了大澤的邀約，下了班之後一起去吃飯。我從九州來到東京才三個星期左右，這還是第一次答應陌生男子的邀約一起去吃飯。就連在九州的時候都沒有做過這種事。結婚之後就不必說了，即使是結婚之前都沒有過這種經驗。我自己認爲，是因爲想要聽聽他不想要那個醬油瓶的理由。

大澤的年紀還不到五十歲。比我大十三歲，與我的先生差不多同年代，可是看起來卻年輕許多。他帶我來到一家台灣料理店。兩人面對面坐下來之後，我原本想把這個想法告訴他，可是又作罷。大澤似乎是這裡的常客，我們就坐的時候，店長還特地過來打招呼。「有什麼不喜歡的東西嗎？」大澤問，我回答說受不了紅燒肉。丈夫生病之前，每逢正月或是節慶等日子，婆婆一定會做紅燒肉。丈夫是長崎出身，而我則是佐賀。起初我抗拒去吃紅燒肉，但是又非吃不可。肥肉一貼在牙齦和喉嚨就覺得很難受。可是我也搞不清楚，是因爲肥肉入口的感覺很不舒服才會討厭紅燒肉，還是因爲有非吃不可的壓力才使得自己討厭紅燒肉。

雖然只是吃個飯，可是我原本以爲會被拒絕喔，大澤邊吃著香腸邊這麼說，於是我說出接受邀約的理由，問他爲什麼後來不想要那個醬油瓶了。大澤望向臨桌的年輕團體客人，好一會兒之後才把視線轉回來，「妳有沒有持續一直聽日本暢銷老歌的經驗呢？」他問道。我搖搖頭。我對音樂並不熟，也不清楚你所說的流行老歌。

我原本待在一家大型唱片公司，後來才自己開了公司，該怎麼說呢，我喜歡古典音樂，可是更喜歡流行音樂，或者說更喜歡大眾所支持的音樂。我是獨生子，所以從小就經常聽雙親喜歡的流行歌曲或是演歌。獨生子啊，就是會努力去喜歡雙親所喜愛的事物。因爲這個原因，不論是昭和初期的歌曲，戰爭時期的歌曲，或是戰後不久的流行歌曲，我都如數家珍。老爸經營了一家鋸木廠，每次一喝醉，必定會唱軍歌或是流行歌曲。

老爸這麼唱著歌的時候看起來很快樂，所以我很喜歡看到這個樣子的老爸。還有就是，老爸這麼唱著歌的時候，應該說家裡的氣氛吧，我也很喜歡那種氣氛。所以，直到今天，我還是會把那個時候流行的通俗歌曲、演歌，或是老爸唱過的軍歌找出來聽一聽。可是會有很懷念的感覺只有在聽第一首的時候，而且只到中途爲止，如果持續聽了五、六首，也不知道爲什麼，心情就會變得越來越憂傷，越來越憂傷，最後甚至會想死。那個醬油瓶也給我同樣的感覺。起初覺得很懷念，可是，靜靜仔細看著時，心情就莫名其妙地越來越低落。

收票口不斷吐出人來。我漫步走向設有公車站的圓環。三月的午後陽光強烈刺眼，令我瞇細了眼睛。不論是對面走過來的人，或是從後面趕過我的人，都成了行進的剪影。「您好！」一個穿著紅色號衣的年輕女孩子說著遞給我一張傳單。那是車站前的百貨公司在地下樓舉辦中國商品展的廣告，上面介紹了乾鮑魚、燕窩、珍奇的中國蔬果以及老酒等等商品。「歡迎前往參觀選購。」年輕女孩的臉上帶著微笑。派發傳單的人個個都面帶相同的微笑。

幾個看起來像是高中生的男孩子聚集在攤子旁邊吃著肉包子，他們的視線不時瞥向垃圾桶。流浪漢的腳似乎行動不便。陽光從通道的窗戶射進來，在距離垃圾桶不遠處的水泥地板上形成一個光亮的長方形。流浪漢一度中斷了蒐集菸蒂的作業，移動到那日照處取暖。流浪漢拖著兩隻腳走著，走路的方式就好像雙腳銬上了腳鐐一樣，網球鞋的鞋跟部分踩塌了穿在腳上，兩邊的腳踝都腫得很大。吃著肉包的高中生之中，有一個人面無表情地直盯著流浪漢。過去曬太陽取暖的流浪漢，從掛在腰際的塑膠袋裡取出一根菸蒂點上火，開始抽了起來。香菸的煙使得射入的日光更爲顯眼。

在台灣料理店裡，大澤用生蒜片和白蔥花配著香腸一起吃。這個樣子會更好吃喔。雖然他這麼推薦，可是我擔心明天去上班時還會有味道，所以只配了蔥白。丈夫對於婆婆做的紅燒肉感到非常自豪，總是會要求我吃，可是大澤並不會硬要勸我用大蒜配著香腸一起吃。我們喝的是義大利的發泡酒。

說到佐賀和長崎，目前的情況怎麼樣呢？景氣仍然一直沒有起色喔。聽到大澤自言自語似地這麼說，我想起了丈夫的事情。辭掉工作之後，丈夫的身體狀況就一直很奇怪。高中畢業之後，他就一直在當地的一家造船廠負責事務方面的工作，大約就在前年的這個時候接受了資方的自願退職條件。造船廠在那半年之後就關廠了。因爲找不到願意接手的買家，船塢和起重機都生了鏽，如今已經變得像是廢墟一樣。這樣看來，接受自願退職並沒有錯，可是丈夫之後只隨便找了一下工作就放棄了，在家裡遊手好閒，不久之後就開始抱怨身體不太對勁。因爲我還要去瓷器公司上班，婆婆便帶著我的丈夫去求診，可是跑遍了大小醫院都檢查不出什麼毛病，最後診斷爲憂鬱症並且開始服藥。

我談到了長崎的造船廠的情形，一面避免提到私事。講到了失業之後，大澤問起流浪漢的情況。可是，長崎好像沒有什麼流浪漢耶。「或許有，可是從來沒有看到過。」我回答。關於流浪漢的問題，我覺得家庭的因素更勝於失業的因素。東京的流浪漢，以光棍或是有離婚經驗者居多，也就是所謂的單身者，不過，這並不意味他們全都是些無依無靠的人。有很多人只要回到老家都還找得到親戚。可是在今天，鄉下老家的房子已經不像過去那麼大了，也不像以前那樣住著大家族，大概也沒辦法回老家去投靠了吧。

我從事的是音樂出版的工作，手上管理了好幾個樂團的版權，大約從十年前開始，主要是因爲卡拉ＯＫ的緣故吧，讓我賺進了令人難以置信的大把鈔票。起初，我花錢添購各種東西、到處去旅行，可是根本就用不完，而且，不論什麼樣的美食也不可能天天吃。就算是葡萄酒，也不可能除了生日之外天天都喝佩楚酒堡或是瑪歌酒堡的美酒啊。後來因爲買衣服也買膩了，再加上有人勸說還是爲社會做一些事情比較好，於是我決定將過去亂買的衣服送給援助流浪漢的組織。

原本我打算將衣服送給外國的難民，例如送往阿富汗或是伊拉克，可是又想到，回教徒應該不會穿什麼塞魯迪、凡賽斯或亞曼尼的西裝、襯衫和領帶吧。而且我在網站上看到，流浪漢要找工作的時候，沒有可以穿去面試的衣服，還會因爲天寒而凍死在街頭，非常缺乏衣物，所以，只要是男性的衣物，不論什麼都好，都希望能夠送過來。「只要是男性的衣物」，上面這麼寫著。那個時候我就想，爲什麼幾乎沒見過女性遊民呢，妳不覺得這是個很有意思的問題嗎？妳覺得是爲什麼呢？

我的心裡有種不安，覺得在通道裡吃著肉包子的那幾個高中男生，好像隨時都可能會攻擊在旁邊抽著菸的流浪漢。雖然認爲在這種人來人往的地方不可能會發生那種事情，無法輕鬆下來的緊張心情卻依然持續了好一會兒。

被診斷爲憂鬱症的丈夫後來一步也不踏出家門了。丈夫的家裡在長崎市內經營停車場，經濟狀況還有餘力，所以我們結婚之後依然每個月接受他們一些家用補貼。丈夫病了之後，補貼又增加了。婆婆幾乎每天都會過來探視或是幫忙。我覺得丈夫不去找工作也沒關係，就算是去見見朋友，或是單純上街去逛逛、去看個電影什麼的，還是要出門比較好，可是婆婆卻反對，認爲一定要待在家裡好好休養到康復才行。丈夫都睡到將近中午才起床，然後就一直看電視看漫畫，就這麼度過一天。丈夫既不吸菸也不太喝酒，不賭賽車、賽艇，也不打麻將。

流浪漢拖著腳走回垃圾桶那邊。誰也不願意看那流浪漢一眼，當然更沒有人願意靠近。站前圓環裡面設有派出所，可是並沒有警察過來看看，站務員也完全沒有處理。牽著小小孩的母親一注意到流浪漢，立刻加快了腳步。回到垃圾桶所在處之後，流浪漢立刻打開菸灰缸的上蓋，開始撈撿裡面的菸蒂，只要找到還可以抽的菸蒂，就放進左手的塑膠袋裡。微細的菸灰飛舞，菸蒂散落地面。「搞什麼啊！」一個高中生出言抱怨，攤子的店員用整把傳單把菸灰搧開。自從丈夫開始繭居之後，每到下班回家的時候，離家越近，我就越覺得窒息。丈夫在放有電視的起居室鋪了棉被，窩在裡面看漫畫，電視就一直開著。

流浪漢正準備坐到水泥地板上。難道是想要撿起掉落的菸蒂嗎？不知道是腰部不好還是腫大的腳踝的緣故，他的動作非常遲緩。找瓷器公司的上司討論過丈夫的情況之後，上司表示東京的直營店正好有銷售員的缺，建議我還是離開家比較好。那好像是要拋棄丈夫一樣，我一直無法下定決心，可是丈夫開始繭居一年之後，突然開始變得暴力。原本明明是個連提高嗓門都不會的老實人，卻變得會責罵過來幫忙煮飯的婆婆，還會亂扔東西。婆婆要我辭掉工作。她似乎認爲丈夫之所以會變得不正常，是因爲我不在家的緣故。去年夏天，丈夫因爲味噌湯的味道太淡而光火，雖然婆婆解釋生病的時候還是吃得清淡一點比較好，丈夫依然大吵大鬧。接著，丈夫將裝了味噌熱湯的碗扔向婆婆和我，還抓住婆婆的頭髮揍人。滿臉是血的婆婆怪罪到我的頭上來。「都是因爲妳去上班不待在家裡，這個人才會變成這個樣子的。」她這麼說。

在台灣料理店喝的義大利發泡酒，有種很不可思議的味道，同時具有微微的甘甜與苦味，也非常適合用來搭配魚翅菜捲、辣燉豬耳朵或是炒酸菜粉絲。「你經常來這家店嗎？」我問。「一個禮拜會來三次喔！」店裡的人在廚房裡笑著幫忙回答。「知道平克・佛洛伊德嗎？」臉頰泛紅的大澤問我。

「是個搖滾樂團嘛。」我回答，「只聽過這個樂團的名字而已。」大澤點點頭，說道：「沒錯，是個搖滾樂團。」

已經是三十多年以前的事情了吧。平克・佛洛伊德曾經在箱根舉辦過演唱會。那個年代流行在戶外聚集大批人潮舉辦搖滾演唱會。搖滾音樂節（Rock Festival），簡稱搖滾節。在箱根的蘆之湖附近，舉辦了「箱根阿芙蘿黛蒂」這麼一個名稱古怪的搖滾節，有國外及日本的團體與歌手參與演出，是個相當盛大的搖滾節，而且平克・佛洛伊德也來了。我那個時候大學中輟，整天與狐群狗黨鬼混。因爲大家都喜歡平克・佛洛伊德，大概有十個人吧，就一起去了箱根喔！那個年頭啊，正流行大麻和ＬＳＤ之類的。我在美軍基地所在的城市購買了大量的那些玩意兒，有些分給狐群狗黨，有些拿去賣，哎，眞的是我人生中最糟的時期啊。

搭便車來到蘆之湖旁，因爲距離演唱會開始還有一段時間，所以就先遠遠看一看會場。遼闊的山丘上搭建了舞台，大家都坐在草地上看著舞台喔。如今想一想，那種感覺還眞是悠閒啊！結果呢，我看到在會場入口的旁邊停著一輛非常大的拖車，駕駛座上坐著兩個長頭髮的外國人。我打招呼說了聲嗨，然後問他們從哪裡來的。其中一個人說是從倫敦來的。「從好遠的地方來的啊。」我說。「是啊。」兩人說著都笑了。因爲我和其他狐群狗黨的頭髮都長得不像話，或許讓那兩人感覺到是同類吧。「你們是來看平克．佛洛伊德的嗎？」我問，得到的回答卻是「No.」那來這種山裡做什麼呢？我正覺得納悶時，一人指指拖車的後面，說道：「這就是平克．佛洛伊德。」然後還讓我參觀拖車裡面。裡面塞滿了巨大的擴大機、電子合成器，還有其他各種看都沒看過的高級設備，嚇了我一大跳。

原來這兩個人是平克．佛洛伊德的巡迴經理。來到日本之後到處去找過，可是這個國家還眞的是什麼都沒有啊，聽到他們這麼說，我猜指的應該是迷幻藥，於是將自己帶來的ＬＳＤ和大麻送給他們當禮物。結果那兩個人亂高興一把的，說要招待我們聽演唱會。雖然我懷疑那兩人是不是眞的會招待我們，總之還是先跟他們道別，到蘆之湖附近吃了飯，等到演唱會開始的時間再去會場入口看看。

記得主辦單位是日本放送，到處都是身穿印有主辦單位標誌的外套的工作人員，還要我們拿出票來。這也是理所當然的嘛，畢竟那又不是免費的音樂會。說是這麼說，我們可沒有入場券。因爲是在箱根的山裡頭舉辦的演唱會，我們原以爲總可以找到地方進去，才不必花錢買什麼票哩！因爲在那個年代，只要是在戶外舉辦的音樂會，不論是在日比谷公園的野外大音樂堂或是其他地方，都可以不必買票自己想辦法進去。一來我們與會場的工作人員都很熟，而且還有種買票就是體制的奴隸的感覺；有時候甚至還會勒索那種看起來老實而懦弱的傢伙，拿他們的票進場，實在是非常惡劣。

可是，在箱根阿芙蘿黛蒂的會場入口，工作人員似乎都是打工的大學生，我們沒辦法跟這些傢伙套交情，而且那是個出場樂團超過二十個的大型音樂會，臨時工作人員的數目也不是隨隨便便的。我們可是平克・佛洛伊德的巡迴經理邀請來的啊！雖然一再這麼說，他們還是不理不睬。畢竟我們的打扮個個都很嚇人，女孩子穿著可以透見胸部的薄襯衫，頭髮還留到腰際，看起來就不像正經人。就在這個時候，那兩個巡迴經理中的其中一人，以及吉他手大衛・吉爾摩走了過來，接著對工作人員們說：「這些是我們的朋友，快讓他們進去。」那些工作人員大吃一驚，我們也都嚇了一跳，因爲根本沒有想到會眞的招待我們進去。平克・佛洛依德的演唱在傍晚開始，在瀰漫的霧氣中聽著〈原子心之母〉，我們把手邊的迷幻藥全給嗑掉，眞是 high 到了最高點。

問題出在音樂會之後。大概是因爲一直待在霧中，著涼了吧。有兩個同行的女孩子發了高燒，情況相當糟糕。因爲是在夏天，原本以爲隨便找個合適的地方露宿就好，可是碰到這種情況也沒辦法那麼做，而且時間已晚，回東京的火車或公車也都沒有了，又因爲是在山裡，也找不到便車可以搭。迷幻藥的藥效漸漸退去，大家都變得非常不舒服，深夜裡，漫無目標地在蘆之湖旁走著，心裡不知該如何是好。這個時候，有人發現湖的旁邊有一棟興建中的別墅已經澆鑄了混凝土，可是家具就不用說了，連水電和玻璃窗都還沒有，但是至少有屋頂和牆壁。大夥兒異口同聲說要去那邊睡覺。

我本能地感覺不太妙。蘆之湖的湖邊別墅，基本上都是屬於有錢人的，而有錢人的戒心通常都很強。因爲我們個個都嗑藥嗑得迷迷糊糊的，八成會在做愛之後赤裸相擁而眠，而且還會睡到日上三竿都還沒醒，而那一帶的別墅的主人很可能會在這個時候打電話找警察吧。這麼一來，我們一定會因爲非法持有迷幻藥或是妨礙善良風俗的罪嫌遭到逮捕。「既然擔心這些，你就想想辦法啊！」同夥中的一個人這麼說，於是，我左手揪住那傢伙的衣領，右手抽出平常藏在腳踝處的獵刀，在那傢伙的眼前比劃著說：「我現在就要去拜託這附近的屋主讓我們借住，這是爲了我自己，也爲了發燒的女孩子，可不是爲了你，明白了嗎？」

走了大約十五分鐘之後，找到一棟燈還亮著的別墅，然後對屋主表明來意。「我們是來聽音樂會的，原本打算露宿，可是有人生了病，爲了避免夜露，想在前面興建中的別墅借住一晚，不知道可不可以呢？」將近五十歲，差不多就是我現在這個年紀的歐吉桑，直打量我的頭髮和打扮，「你是學生嗎？」屋主問道。聽我說不是，「既然是社會人士，就應該先找好住處再來玩吧。」他就開始說教了。爲什麼非得聽這傢伙說教不可呢，我覺得很難爲情，淚水直在眼眶裡打轉喔，可是又不能揍那個歐吉桑。如果動手打人引來警察的話，一切就完了。我們是在山裡面，並不是身在東京。一來無處可逃，又有生病的夥伴。不論對方說些什麼，都只能低著頭不斷拜託。我知道錯了。下次再來蘆之湖的時候，一定會先找好住宿的地方。一定會讓自己擁有身爲社會人士的自覺的。回到東京之後，我會努力工作的。會好好洗澡，還會去剪頭髮。

我一直沒有忘記當時的情景。而且打定了主意，我絕對要成功。以前也曾經想過，等到自己可以輕輕鬆鬆賺進數以億計的鈔票時，就要在蘆之湖的那個歐吉桑的別墅旁邊，蓋一棟十倍大的別墅，只不過我並不是特別喜歡蘆之湖，蓋別墅的事情後來也就不了了之了。總而言之，在現在所說的這件往事之中，隱藏著爲什麼很少女性遊民這個問題的答案，明白我的意思嗎？麻煩您讓我借住，這種話由女性來請託比較容易成功喔。如果沒有住處，又因爲生病而身體狀況欠佳的話，就應該先找個地方去借住才對，睡在公園或是馬路上就太蠢了。或許誰也不會讓陌生人借住，可是呢，如果一開始就認定沒有人會讓自己借宿而放棄的話，就一定會凍死在街頭了。

通道裡，流浪漢終於一屁股坐到了水泥地面上。他似乎沒有辦法盤腿，以兩腿向前伸出的姿勢坐著。也許是採用那種姿勢會造成負擔，只見他腫起的腳踝微微顫抖著。高中生們吃完了肉包，正朝收票口的方向走去。攤子那邊，穿著紅色號衣的推銷員仍然面帶相同的微笑不斷重複相同的台詞繼續分發傳單。機會難得啊，現在只要購買三份眞空包裝的排翅，就加送一瓶紹興酒。也許那些人並不知道吃魚翅的時候搭配義大利的發泡酒非常棒吧。第一次約會之後，也因爲辦公室就在附近，大澤經常到我工作的店裡來露臉。因爲他每次來到店裡都會跟我購買瓷器，我的業績也隨之升高了。我們一起吃過好幾次飯，也曾經一起去喝酒。認識半年之後，雖然曾經在計程車上接吻，可是還沒有上過床。大澤在八年前離了婚，目前一個人住在辦公室附近。

我還沒有跟他提過丈夫的事情。可是總有一天會說吧。上個月，大澤邀我出遊。目的地是紐約、墨西哥的度假勝地，還有古巴。聽說大澤正在製作古巴的音樂，已經出了好幾張CD。去年十月，由大澤擔任製作人的一個古巴樂團舉辦了音樂會，還招待我去欣賞。不用說，我還是第一次欣賞古巴的音樂，那也是來到東京之後第一次去聽音樂會。強烈的節奏，令我的身體不知不覺就自己動了起來，是種令人不禁想要往什麼地方衝過去的音樂。

我朝著公車站的方向走去。走出通道來到陽光下之後，已經看不到流浪漢了。昨天晚上去那家經常光顧的台灣料理店吃過飯之後，我問大澤為什麼要邀我一起去旅行。「我也不知道。」大澤笑著說，「大概是喜歡妳吧。」我租了一間公寓，從這個車站前面搭公車過去大概二十分鐘左右。今天是店裡的公休日，我到澀谷買點東西。途中經過書店，去翻了一下加勒比海的旅遊指南。在古巴的單元中看到了美麗的海岸、雪茄，以及蘭姆酒的照片。我會去古巴嗎？「先別說要不要去古巴，我有件事情想要拜託你。」下次見面的時候，我想要這麼問問大澤。

丈夫繭居的家裡附近有個出名的主題樂園，經常有人在那裡舉辦音樂會。「雖然我不知道這會不會有困難，可是，是不是能請你幫忙，在那個主題公園裡舉辦古巴樂團的音樂會呢？」我打算試著這麼拜託大澤。到那個時候，我大概就會對他講出丈夫的事情吧。然後，我大概會對躺在家裡的丈夫說，有種音樂希望你能去聽一聽。那種會令全身愉快搖擺的音樂，我希望無論如何都能夠讓丈夫聽到。可是，我並不會因爲大澤的事情而對丈夫懷有罪惡感，也不是希望丈夫能夠重新站起來。

我只是討厭那種不願出門、哪裡也不想去的人罷了。

機場

當時，我覺得很害怕。

這個男人會永遠對我這麼溫柔嗎？

我一直認為，就算再怎麼好的關係也總有結束的一天。

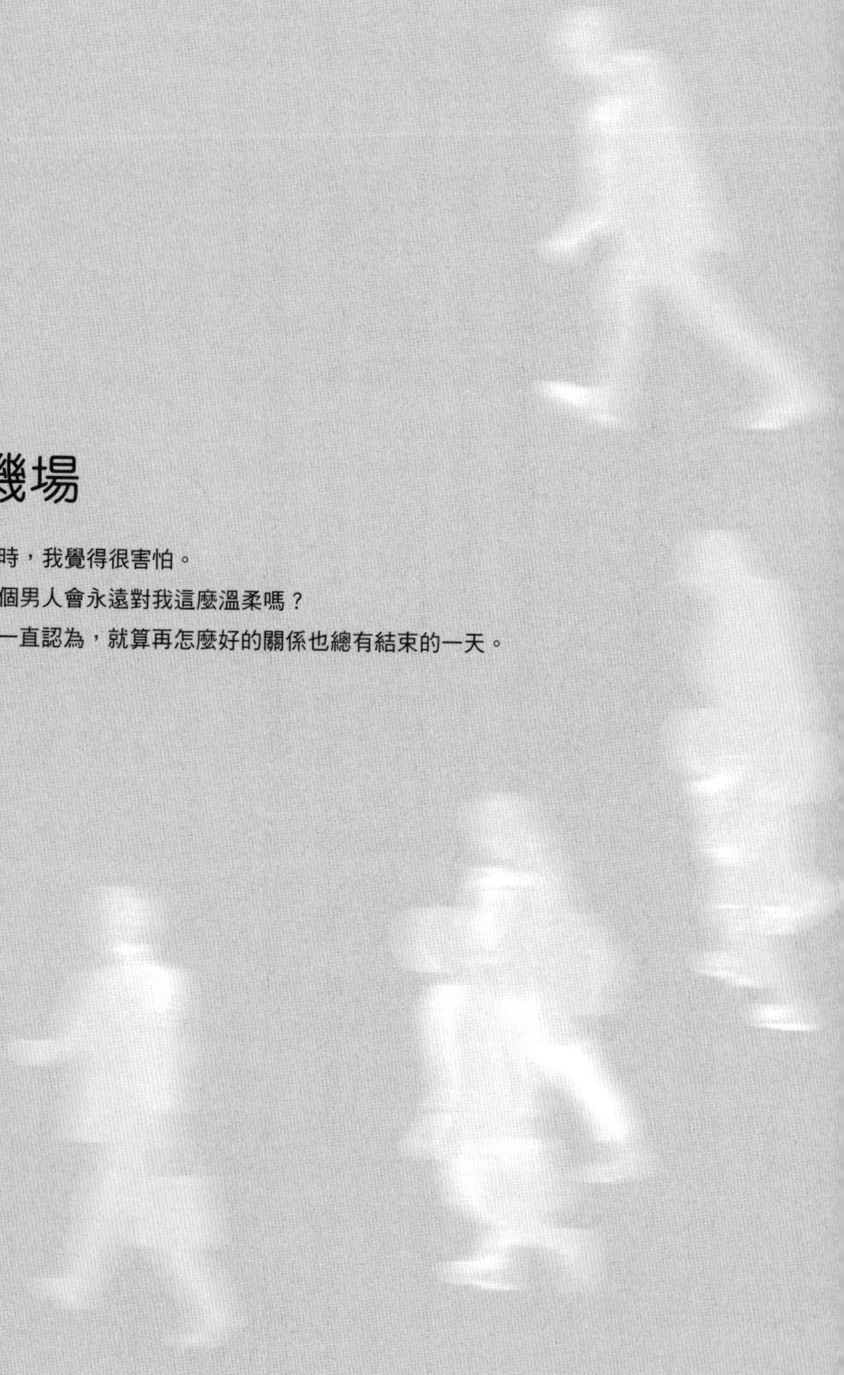

試著撥了電話給齊藤，一聽要進入語音信箱，我立刻就掛斷了。一群抱著滑雪板的人進來，從我的身旁經過。大玻璃門打開又關上。機場裡雖然明亮，可是在自動門的那一側更亮，抱著滑雪板的那群人起初看起來都成了剪影。一個中年男子坐在我的對面，正在看一本週刊雜誌。週刊的封面是一張女明星的臉，偶爾會在電視上看到的臉，可是想不起她的名字，是個姓氏中有個櫻字的女明星。我的手上並沒有機票。我正在全日空的登機櫃台前面等著與齊藤會合。齊藤會替我把機票帶來。

從剛才到現在，坐在對面拿著週刊的男子看了我兩次。年紀大概還不到四十歲吧。身穿奶油色的長大衣，裡面是灰色西裝。全日空登機櫃台前面有好些面對面排放的椅子，妳就坐在那邊等我吧。我所等待的男子，齊藤，兩天前打電話來這麼說。我和齊藤是在四個月前認識的。全日空登機櫃台前面的椅子已經全部坐滿了。與來到機場的人相比，椅子的數量少得可憐。雖然不知道現在這個機場裡有多少人，而且有不少人是辦好登機手續便急忙衝向登機門，或許並不需要那麼多椅子也不一定，不過椅子的數量與想要坐下的人數相比確實是不夠的。有大批人正在等待別人從位子上站起來。那些人並沒有表現出正等待椅子空出來的神情態度，可是我就是知道那些人很想坐下來。因爲，除了「想要找椅子坐下來」這種欲求之外，我並沒有接到那些人傳遞出其他任何訊息。

那個拿著週刊的男子與我四目相會。他的視線從我的眼睛移到肩膀，然後順著身體往下移到腳尖，短暫停留之後又回到週刊上。我穿了一件黑色洋裝，外面是駝色的毛外套，還圍了一條買了相當時日的名牌圍巾。手提包也是名牌貨，可是價格並不是多麼昂貴。因爲不知道熊本會冷到什麼程度，所以我穿了與東京的冬季時相同的衣物前來。昨天晚上，原本打算在把孩子帶去託母親照顧之前先看看新聞的天氣預報了解一下熊本的氣溫，可是因爲孩子有些撒賴，結果在天氣預報之前就出門了。

顯示出發航班狀況的電子告示板就在我的斜上方。全日空645往熊本的班機，上午十一點二十五分起飛，已經開始登機了。另外還有無數的航班狀況都顯示在告示板上。所顯示的航班一直排到下午三點十五分起飛的班機，而下一班往熊本的班機則是十三點四十分起飛。飛往福岡以及札幌的班機很多，到熊本的少。我看了看時間。飛熊本班機的登機手續，還剩幾分鐘就要截止辦理了呢？閱讀週刊的那個男人聽到飛福岡班機的登機說明廣播便從椅子上站了起來。男子站起來之前又看了我一眼。我不禁懷疑，或許可以從自己身上找到什麼那種女人的標誌也不一定。

我在兩年前離了婚，有個四歲的兒子。從結婚當時就一直和婆婆處不好，結果那就成了日後分手的直接原因。丈夫繼承了公公的機械零件工廠，可是在與我離異之後關廠了，好像是受主要客戶破產的連累。丈夫是個認眞而個性溫和的人，對我很體貼，對婆婆更是體貼。婆婆的肩膀和背部出了問題，嘗試過以整脊、氣功、針灸以及其他各種古怪的民俗療法來治療，花了非常多錢。其實婆婆平常必須稍微活動活動才對，可是她幾乎都只是躺著，讓各種治療師在家裡進進出出。

閱讀週刊的男子站起來之後，兩個看起來像是一對夫妻的中年人，其中的男方在我的對面坐了下來。兩人的打扮，怎麼看都像是將要回鄉下去的樣子，臉和手都曬得黝黑。男方穿著起皺的白襯衫繫紅領帶，搭配袖子過短的焦茶色西裝。稀疏的頭髮抹了髮油往後梳得服貼，非常謹愼地抱著一個單肩大背包。女方的個子小，因爲駝背的緣故，看起來就更小了。化了妝，只有臉部白得很不自然，白色女性襯衫外面穿了一件粗毛線編織成的橘色開襟毛衣，面無表情。

就算不認識那個人，也可以從對方的相貌、化妝、服裝以及態度上得知許多資訊。是住在都市裡呢，住在都市的近郊呢，還是住在非得搭飛機才到得了的鄉下，大概都可以看出來。從隨身的物品則可以看出對方的經濟狀況。從臉色和姿勢可以看出健康狀況，而年紀差不多一眼就可以判斷出來。我看了看自己的手。左手腕戴著卡地亞的手錶。這是我下海之後唯一買給自己的東西。別人看到這只手錶，是不是就會知道這個女人在風月場所上班呢？

離婚之後，我把兒子送到托兒所，自己在附近的加油站找了一份事務性的兼職。和一個名叫明美的女孩子一同當出納員，可是我不久便遭到解雇。

當時明美二十二歲，我則是三十歲。加油站的獲利因為打價格戰而持續下滑，所以只想留下薪資較低的年輕人吧。離婚之後，我原本暫時住在丈夫的工廠作為員工宿舍的公寓裡，可是工廠倒閉之後，也非得搬出那裡不可了。聽說那間公寓後來也拿去抵了債。

隨著工廠關門，贍養費以及小孩的養育費也同時沒辦法付給我了。丈夫哭著向我道歉，可是我並沒有責怪他的意思。娘家在福島，雖然雙親叫我回去，可是哥哥嫂嫂住在那裡，根本不可能一起住。因為非得自己租房子不可，只好先去大崎找了間酒家上班，可是我的酒量很差，又不善於和陌生人交談，沒多久就因為胃出了問題而辭職。必須搬出宿舍的日子越來越接近，如果想找一間有衛浴和兩個房間的公寓來住，丈夫為我張羅的二十萬加上存款仍然不夠。一個月必須要有將近三十萬的收入才行。跟一個在大崎的酒家認識的不動產鑑定師商量之後，他介紹了一家可以信任的應召站給我。

《打工情報誌》上刊載了那家制服應召站的介紹，說是保證日入三萬五，每週一天亦可，來客經過該店嚴格篩選，均爲具有社會信用的人士。撥了電話過去，對方要我直接到位於五反田西口的一棟住商混合大樓的店裡去。所謂的店面，也不過是一間套房而已。我獲得採用，拍了照片，登記了個花名叫做由依。店裡有各式各樣的道具服裝，而且，我當天就接了第一個客人。

這裡好像不能抽菸喔，坐在對面的中年男人這麼問同行的女性，可是女人依然面無表情，並沒有回答。中年男人講話帶著西部方言的口音。妳先過來佔一下位子。男人說著站起來換女人坐下，然後從胸前口袋掏出七星香菸，朝吸菸區走去。女人在我對面坐下之後，從布製的手提袋中拿出用玻璃紙包裝的點心，用雙手遮著取出裡面的東西慢條斯理送進口中，好像先用舌頭和牙齒弄散才吃下去。看起來像是餅乾還是冰糖栗子之類的點心，碎屑從女人的手邊掉落到深藍色的長褲上，她邊動著嘴巴邊用右手將那碎屑撢掉。

我的視野中滿是人。如果把移動的人們看作一整群的話，還眞像是原始的動物或是洄游的魚群。已經撥了四次齊藤的行動電話的號碼。剛才撥電話給齊藤到現在還不到兩分鐘。難道他不會來嗎？齊藤比我小六歲，在一家顧問公司上班。我們第一次見面的時間是在四個月前一個星期五的傍晚，地點是目黑的一家賓館。雖然我已經三十二歲，但是花名叫做由依的那個女人所登記的名字卻是二十五歲。就算塡二十五歲也完全不會被懷疑喔，應召站負責人說。到目前爲止，我已經接觸過將近兩百個女人了，女人的年齡啊，一般的男人可是看不出來的。

齊藤第一次買了我兩個鐘點。第一次接吻的時候，他撫著我的臉說，由依好美呀。第二次是在那三天後，同樣是兩個鐘點，然後隔天又買了三個鐘點，之後變成幾乎是天天來店裡報到。這種客人啊，一定要小心才行。負責人曾經這麼對我說。女人會因爲這樣而沾沾自喜，最後往往就會答應在店外約會或是眞槍實彈上床，由依應該不至於這樣吧。齊藤兩、三天就來光顧一次的時候，我曾經被這樣唸過。不會啦，別擔心，我這麼回答。店裡是禁止眞槍實彈的。客人得自己動手，或是由女方用手或是嘴來引導射精。

第五次還是第六次見面的時候，齊藤沒有赤身露體，也沒有把我的衣服脫光。「要不要一起去吃飯呢？」他撫摸著我的臉頰這麼問。我們離開賓館，前往品川車站對面一家大飯店頂樓的餐廳。由依，妳應該知道我喜歡妳吧。齊藤邊喝著變成果凍狀的冷肉湯邊這麼說。你三天兩頭地來找我，我想，應該不會討厭我吧。我喝的是南瓜奶油湯，那美麗的黃色湯汁表面漂浮著兩片薄荷葉。可是，齊藤先生並不知道我的本名喔。聽我這麼說，齊藤露出悲傷的神情，一陣沉默之後，伸手撫摸我的臉頰。看他實在是太傷心了，我決定以後再也不要在這個男人面前說這種話了。

在用玻璃屏風隔開的吸菸區裡，中年男人點燃了香菸。正吃著餅乾還是冰糖栗子點心的女人，完全沒有朝同行的男人那邊瞧過一眼。男人留下的單肩背包就在女人腳邊，可是她也沒留意過那個背包。或許是牙口不好，女人花了好些時間吃她的點心。閉著嘴咀嚼，嘴巴變化出各種形狀。嘴巴一邊動著，女人一邊將包裝點心的玻璃紙攤開，先將皺褶仔細拉平，整個拉平之後，就開始將玻璃紙摺疊起來。她雙腿併攏規矩地坐著，脊背伸直腦袋微微前傾，用兩手的手指將正方形的紙摺疊起來。只要發現摺疊起來的玻璃紙邊緣沒有對齊，就會攤開來將邊緣對齊重新摺好。正方形的玻璃紙變成只有原來的四分之一大了。

去品川的大飯店吃過那一餐之後，齊藤依然會到店裡來點我或是預約我的時間。上賓館的時候，我們有時會赤身裸體，有時候則不會。齊藤跟我聊的主要是自己公司的事情，還有自己有什麼樣的想法，從來沒有問過任何我的私事。沒有要求過真槍實彈的性愛，也沒有要求過店外約會。大概在認識了三個月之後吧，我們在平常那家賓館見面，然後前往惠比壽一家只有櫃台座位的和食屋，吃剝皮魚和寒鰤生魚片，用清水燒的酒壺和酒杯，將石川縣的酒熱過之後來喝。「只要和由依在一起，我就不覺得累了。」臉頰微微泛紅的齊藤好幾次這麼說。我用小瓷杯喝了兩杯日本酒，可是並沒有覺得不舒服。或許是日本酒令心情放鬆下來的緣故，我把自己的事情講了出來。離過婚的事情，有小孩的事情，還有這些日子腦袋裡所想的事情。齊藤只是默默聽著，不時點點頭而已，道別的時候，他撫摸著我的臉頰親吻我。我覺得很安心。就算知道我離過婚有小孩，他依然會和過去一樣溫柔地撫摸我的臉龐親吻我，這令我安心。

中年婦人已經把玻璃紙摺疊成只有原來的十六分之一大了。全日空飛熊本的645班機即將停止辦理登機手續。持有機票，但是尚未辦理登機手續的乘客，請盡快前往十五號櫃台辦理登機手續。催促的廣播聲響起。雖然我一直盯著入口的自動門，可是偶爾會因爲不安而將視線轉向對面的中年婦人。從剛才就一直這麼重複著。不用說，周遭並沒有我認識的人，也沒有認識我的人。許許多多人說話的聲音，還有音樂鈴之後反覆響起的班機廣播混合在一起，我忽然覺得失去了現實感。

齊藤覺得，如果能夠獲得允許去我家拜訪該有多好。我並沒有拒絕齊藤的提議，如果介紹他跟孩子認識，然後一起去逛百貨公司或是去遊樂園玩，似乎也不錯。找個星期六還是星期天，我想去由依家裡拜訪，可以嗎？也想見見小朋友。在惠比壽的和食屋一起吃飯，聽到我談起私事的幾天之後，齊藤相當謹慎地這麼說。我回答不出話來，只是默默望著地下，他隨即接口：「不是馬上就要去，以後找個機會就好了。」並且露出了微笑。當時，我覺得很害怕。這個男人會永遠對我這麼溫柔嗎？或許是有過離婚的經驗，我一直認爲，就算再怎麼好的關係也總有結束的一天。

像我這麼一個風塵女郎，你爲什麼還對我這麼溫柔呢？認識了齊藤大約一個月之後，我很想這麼問，可是又覺得不可以這麼做，所以沒有開口。除此之外還有很多的事情想要問。齊藤每個星期會來點我兩、三次。爲了點我，再加上賓館的休息費用，一個月就要花掉三十萬至四十萬。「用掉這麼多錢，有沒有關係啊？」我也很想這麼問，可是同樣沒有開口。對方出於自願以及好意所做的事情，如果還問爲什麼要這麼做的話，未免也太撒嬌了。因爲希望聽到他說「我是因爲喜歡妳才會這麼做的啊」，才會想要這麼問的。這種事情，只要和年幼的孩童在一起就很清楚了。

我的腳上穿著黑靴子。坐在對面摺疊玻璃紙的中年婦人穿的是紅色的皮製網球鞋。六張椅子排在一起，六雙大小形狀有微妙差異的腳在我面前一字排開。爲什麼我會談起那張電影海報呢？那是五天前的事情。我們正赤裸相擁。不論齊藤哥想做什麼都可以喔。在我的誘惑下，我們第一次有了眞正的性關係。「你會跟負責人檢舉嗎？」我問。「我去打這種小報告有什麼好處啊！」齊藤說著，像平常那樣撫摸我的臉龐，然後笑了出來。「由依還眞是可愛啊！」

好久沒有聽到成年男子這麼快樂的笑聲了。在離婚前後那段日子，丈夫總是哭喪著臉，從不曾放聲笑過。聽到齊藤的笑聲，我覺得自己的心情好了起來。我曾經看過一張很奇怪的電影海報。話題就是這麼開始的。去新宿買東西，走在東口的時候，兒子突然說：「有一張很奇怪的畫耶。」那是一張貼在電影院門口的海報，上面有大批蒙著面紗的中東婦女排著隊走在沙漠裡，她們的身後，有好幾個掛著義足的降落傘從天而降。「義足？」齊藤問道。「義足，」我說，接著又加以補充，「是要給那些因爲地雷等等而失去腿的人安裝的。」爲什麼會有義足掛在降落傘下面從天而降呢？我覺得很不可思議，於是第二天就一個人前往新宿，去看了那部電影，那是一部描述阿富汗的電影，聯合國要送義足給那些被地雷炸斷了腿的阿富汗人，可是阿富汗的那個地方並沒有道路，治安又不好，唯一的辦法就是利用降落傘將義足空投下來。結果，看了那部電影之後，我覺得如果能夠爲被地雷炸斷腿的人製作義足的話該有多好。這種心情來得實在太過突兀，連我自己都嚇了一跳。

中年婦人將好不容易摺疊起來的玻璃紙隨手扔到了地上，變成只有小指指甲大小的玻璃紙，掉在女人左腳前的地板上。坐在我右鄰的婦人帶著小孩一起離開座位，換成一對年輕男女坐了下來。兩人將同款的水藍色大旅行包各自放在兩邊腋下，坐定之後隨即從外套口袋中掏出行動電話。機場裡再次響起音樂鈴，廣播又重複了一遍。全日空飛熊本的645班機即將停止辦理登機手續。持有機票，但是尚未辦理登機手續的乘客，請盡快前往十五號櫃台辦理登機手續。廣播中反覆出現的「熊本」這兩個字，彷彿變成了霧一樣瀰漫在整個機場，籠罩住我，並且逐漸滲透進我的身體裡。右鄰男女所攜帶的旅行包上面貼有各式各樣的外國貼紙。普吉島，關島，夏威夷，巴黎，香港。想必這些人去過那些貼紙所代表的地方吧。我從來沒有出過國。

「那就去找一份製作義足的工作嘛。」齊藤的這種說法令我嚇了一跳。我們依然赤裸躺在床上，胸部和腹部還留有汗水。「我不可能找得到那種工作的啦。」我笑著說。「爲什麼不可能呢？」齊藤問。爲什麼不可能呢，因爲我從來沒有想過這種事情。之所以認爲不可能，理由在於我只有高中畢業，已經快三十三歲了，離過婚，還有個四歲的小孩，而且在風塵打滾，就是這麼回事。這些都限制了我的自由以及可能性，還有就是我自己；因爲我不願意去思考這種事情。我覺得很難過，鑽進齊藤懷裡，握住他的手貼在自己臉上。眞後悔談起什麼電影的話題。齊藤一直撫摸著我的臉頰，好幾次在我的耳邊低喃：「不是不可能的。」

我在機場中四下張望，覺得這裡眞的是應有盡有。大部分的天花板都挑空，上面那一層有餐廳和商店，從波斯地毯到生理用品，什麼東西都買得到。大廳的一隅裝設有電視，正在播放上午的八卦性談話節目，話題的主角是一個慘遭孫子潑汽油燒死的富有老婦人。右鄰的年輕男女好像各自在發送簡訊，大概是要把旅行有多麼愉快讓朋友分享吧，也許是去度蜜月。一對二十幾歲的新人正各自將蜜月的喜悅以簡訊傳送給朋友分享，這是極其自然的事情；中年婦人面無表情地等待老伴從吸菸區回來，這極其自然；談論老媼遭孫子燒死的八卦節目來賓或表氣憤或表同情，這也極其自然。可是一個三十三歲，離了婚帶著個孩子的風塵女子，竟然想要去爲被地雷炸斷腿的人製作義足，卻是件異常的事情。所以以前沒有辦法對任何人說出來。

「還記得我曾經談過自己的工作嗎？」齊藤這麼問，手離開了我的臉頰，我點點頭。「我的工作是，爲各種不同的公司提供解決方案。所謂解決方案，如果對有待解決的問題毫無頭緒，是不可能找得到的。在日本，絕大多數的企業主都搞錯了，以爲自己支付了高額的顧問費，就可以要求我們提供能夠提高生產力的解決方案，這種人很多喔。『請問一下，您認爲問題出在什麼地方呢？』聽到我們這麼問，還有人會發飆哩！氣呼呼地說『想這些事情應該是你們的工作吧』，事實上他們是因爲不知道問題出在哪裡，只好用生氣來掩飾。若是不知道原因，事情是絕對沒有辦法解決的。由依知道自己的問題出在哪裡，所以已經找到了解決的對策喔！」說著，齊藤又將手伸向我的臉頰。

辦理登機的櫃台在我的右手邊。櫃台的前面是檢查托運行李的機器，旅客依序將行李放到輸送帶上面。行李通過可以透視內部的設備之後會從輸送帶的那一頭出去，然後由海關人員貼上完成檢驗的貼紙。我所攜帶的是個老舊的 CELINE 布背包，以前旅行時的標籤依然掛在上面，變得破破爛爛的長方形標籤上面記載著「札幌」——生小孩之前和丈夫一起去的旅行。因爲經營的是一家小工廠，又一直不景氣，丈夫根本沒有辦法休息。就連週六週日都會把文件帶回家加班到深夜，與客戶的應酬也不少。丈夫還記得我在結婚前曾經說過想去看雪祭，於是休了假帶我去，可是只有兩天而已。我們在大通公園裡散步參觀雪雕，中午在鐘樓附近吃拉麵，晚餐吃了毛蟹。雖然只是這樣而已，對我而言卻是非常珍貴的回憶，所以當時的標籤就一直留在背包上沒有取下來。

離婚之後，丈夫依然會來看小孩子，我們偶爾也會碰個面一起吃飯，可是這種機會最近卻非常少了。偶爾會撥個電話來，丈夫卻總是用沒有什麼活力的聲音直道歉。雖然他自己一個字也沒提過，可是我覺得關廠之後的善後處理應該也夠他辛苦的了。丈夫並不知道我已經下海。如果知道的話，或許會以對教育有不良影響為由把孩子帶走吧。三天前與齊藤見面，在聊了很多事情之後，我鼓起勇氣問他：「會不會瞧不起風塵女郎呢？」齊藤沉默了一會兒之後回答：「我覺得比自殺或是賴著別人要好。」後來，他就把那份資料拿來給我看。

製作義足的人稱為義肢裝具師，有國家檢定考試。齊藤邊這麼說邊把列印下來的網頁資料給我看。所謂義肢，是一種能夠讓部分肢體殘缺的人彌補失去的機能的器具；裝具則是讓腰部、手臂，或是手腳等部位的功能有障礙的人恢復正常或是避免情況繼續惡化的器具。要成為義肢裝具師，還必須擁有專業學校的學歷才行。就讀年限是三年，全國只有五所。我覺得這一所不錯。齊藤所推薦的學校之一位於熊本。列印下來的資料裡面有學生正實地製作義肢的照片：一個女學生，正在用捲尺之類的工具為一位中年男子測量左腳有缺陷的部分。很不可思議的，看著那張照片，我漸漸覺得製作義肢已經是近在身邊的事情了。

我把這件事情說給齊藤聽了。去看過那部降落傘掛著義足從天而降的電影之後，我曾經好幾次想要上網去查一查，要怎麼樣才能夠成爲製作義肢的人。可是每次都因爲不安而立刻放棄，我害怕認眞去思考製作義肢的事情。因爲我覺得，反正自己很快就不得不打消這個念頭。一來我覺得這種事情對一個三十三歲，離過婚而且帶著個孩子的風塵女郎來說是絕對不可能的，更何況我根本就不知道該如何著手才好。齊藤說，就先前往熊本，到那所學校還有附近看一看再說吧。實地看過學校之後，或許會覺得與自己更貼近也不一定喔。可是看到資料中的註冊費和學費，我不禁嘆了一口氣。註冊費五十萬，年度學費六十萬，實驗實習費一年四十萬，設備補充費一年二十萬，入學時總共需要一百七十萬。「我根本不可能籌得出這麼大一筆錢。」我這麼說。「現在擔心這種事情也沒有用吧。」齊藤露出了微笑。「反正今年是不可能參加考試了。一來日期已經太接近，而且考試還包括筆試和口試，以由依目前的狀況來說是不可能考得上的。得用功準備才行。反正要等明年才能參加考試了。錢的問題，以後再慢慢想辦法就好了，對吧？」

去抽菸的中年男子從吸菸區回來了。女人依然面無表情，站起來讓出座位。男人說了些什麼，於是女人從手提包中拿出玻璃紙包著不知是餅乾還是冰糖栗子的食品遞了過去。男人剝掉玻璃紙，隨手就交給站著的女人。女人依然站著，又開始摺疊那張玻璃紙。右鄰的年輕男女已經發完了簡訊。年輕男子將身體靠在水藍色大旅行包上。年輕女子將行動電話收進口袋裡，同時瞥了我的身後一眼。我的臉頰傳來皮革的觸感。

「外頭很冷喔。」

戴著皮手套的齊藤站在我的後面。中年婦人手中的玻璃紙即將變成一半大小。

【後記】場所：自己

收錄在這本短篇集中的作品，是爲了幻冬社所發行的《留學情報雜誌》而開始動筆的。雜誌的屬性，是以爲留學而出國的人物作爲主角。我選擇了居酒屋、公園，以及便利商店等，日本隨處可見的場所作爲舞台，採用凝縮時間的手法，試圖描寫以出國留學爲唯一希望的人。仔細想想，在閉塞感越來越強的日本社會，「出國」或許正是殘留的少數希望之一也不一定。

啓程前往海外，從過去到現在的電影及小說都經常採用這樣的最後一幕。個人認爲，這是因爲其中有一種「從日本社會的煩擾中脫身，前往未知的土地找尋希望」的味道。過去的那些主角，是爲了追求在日本社會中無法完成的「自我實現」，而前往非洲、南美或是西伯利亞等等「未知的土地」展開旅程。遠離正走上現代化之路的日本，基本上是一種羅曼蒂克的行爲。因爲非洲、南美或是西伯利亞是「未知」的，浪漫精神才得以成立。那是沒有外幣、講到出國旅行還只有ＪＡＬ套裝行程那種時代的傳奇。

完成現代化之後的日本社會已經到處都可以找到非洲或是南美的資訊，前往那些地方旅行並沒有辦法體現浪漫精神。現代的出航，只是爲了脫離閉塞而無法獲得充實感的日本社會所採取的一種戰略性的逃避。

車站前、ＫＴＶ、機場、喜宴會場，這四個以到處都有的場所爲舞台的短篇小說，曾在《ALL讀物》上面連載。我試圖將類似希望的東西寫進這些短篇裡。所謂希望，是一種「未來會比現在更好」的想法。過去，走在現代化路途上的日本雖然貧窮，但就是有希望。

「這個國家什麼都有。眞的是各式各樣的東西都有。可是，就是沒有希望。」

自從完成了一本讓國中生說出這種對白的長篇小說之後，我就經常會思考「希望」的問題。要描寫社會的絕望與頹廢，如今已經非常簡單。所有的場所都充滿了絕望與頹廢。在被現代化的強大力量推著向前進的時候，描寫其中消極負面的部分，是文學的使命。對於現代化背後那些遭到歧視的人、被拋下的人、被壓垮的人，或是抗拒現代化的人，日本文學一直以來都多有描寫。但是在現代化告終許久之後的現代，已經不需要這樣的手法以及這種主題的小說了。

在這本短篇集裡，我試圖爲各個出場人物刻劃出他們所特有的希望。不是社會的希望。是別人所無法共同擁有，只屬於個人的希望。

在連載期間，我獲得了幻冬社的石原正康先生以及《ALL讀物》的山田憲和先生的協助。整理成單行本時，又受到森正明先生的照顧。裝幀設計，則是由合作過許多次的鈴木成一先生負責。在此一併表達感謝之意。

二〇〇三年早春　於阿拉斯加　村上龍

〔村上龍作品年表〕

一九五二年　二月十九日　出生於長崎縣佐世保市。本名龍之助。

一九六六年　發表於《PTA 新聞》的作品〈初戀與美〉獲得市長獎。

一九六七年　進入縣立佐世保高中就讀。參加過半年橄欖球隊，因為受不了嚴苛的練習而退出。組搖滾樂團，取名為「腔棘魚」。

一九六八年　解散樂團，加入新聞社。

一九六九年夏天　於學校屋頂進行封鎖抗爭，遭校方無限期停學處分。

一九七〇年三月　由佐世保高中畢業。畢業前後再次組搖滾樂團，拍攝八釐米電影，組劇團，辦搖滾音樂會。同年來到東京，進入現代思潮社的美學校孔版印刷科，半年後退學。十月至七二年二月，住在東京的福生。

一九七二年四月　進入武藏野美術大學。不久後，以福生的經驗為本，開始寫作《接近無限透明的藍》，初稿名稱定為《在陰核上塗奶油》。

《寄物櫃的嬰孩》

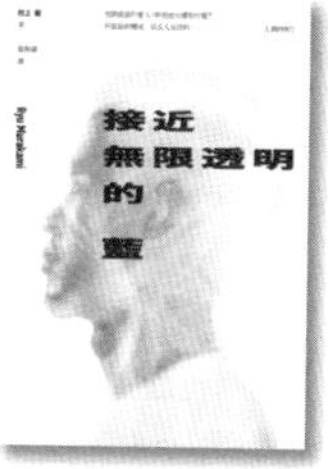

《接近無限透明的藍》

一九七五年十一月 以《接近無限透明的藍》參加群像新人文學賞。

一九七六年五月 以《接近無限透明的藍》獲得第十九屆群像新人文學賞。七月，以《接近無限透明的藍》獲得第七十五屆芥川賞。出版《接近無限透明的藍》。九月，與電子琴演奏家高橋たづ子結婚。

一九七七年六月 出版《海對岸的戰爭開始了》，與中上健次的對談集《爵士與炸彈》。八月，翻譯理查・巴哈的小說《夢幻飛行》。

一九七八年三月 著手將《接近無限透明的藍》改編成電影。十一月，《接近無限透明的藍》電影殺青。

一九七九年一月 出版收錄《接近無限透明的藍》電影劇本、攝影日誌以及訪談的《亭午映像・夜半話語》。三月，電影《接近無限透明的藍》上映。八月，前往小笠原諸島旅行，為《寄物櫃的嬰孩》一書蒐集資料。

一九八〇年五月 長子大軌誕生。十月，出版《寄物櫃的嬰孩》。

一九八一年 以《寄物櫃的嬰孩》獲得第三屆野間文藝新人獎。七月，出版與村上春樹的對談集《Walk Don't Run》。

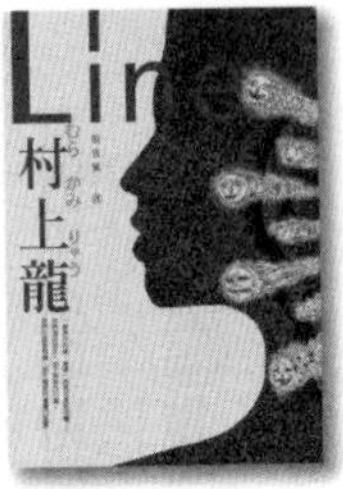

《Line》

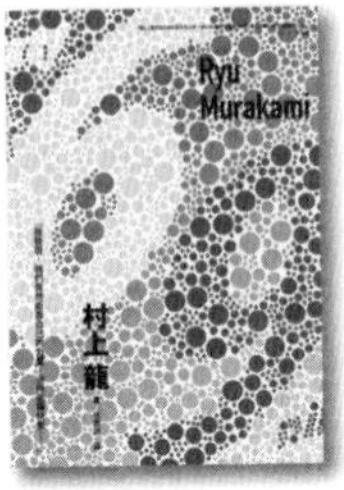

《69》

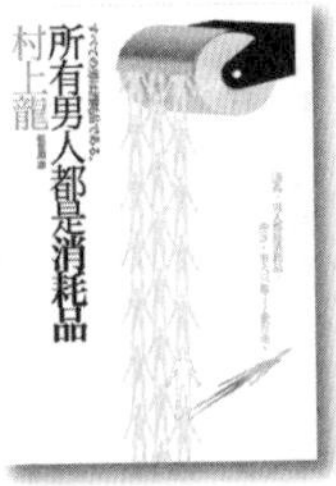

《所有男人都是消耗品》

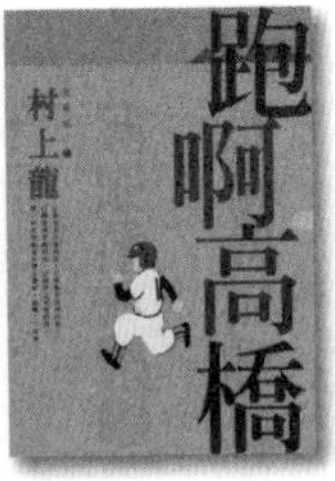

《跑啊！高橋》

一九八三年二月 出版《別擔心，我的朋友》。三月與吉田カツ合著的《別擔心，我的朋友・繪本》出版。四月，電影《別擔心，我的朋友》上映。

一九八五年三月 出版《網球男孩的憂鬱》。十月，出版《美國★夢》。十一月，與坂本龍一合著的《EV.Cafe 超進化論》出版。

一九八六年三月 出版《POST【普普藝術之屋】》。五月，出版《跑啊！高橋》。十月，出版《紐約馬拉松》。

一九八七年八月 出版《愛與幻想的法西斯》《所有男人都是消耗品》（至二〇〇三年已出版到第七集）《69》。九月，出版《世界各地的網球男孩》。

一九八八年八月 出版《悲傷的熱帶》《Line》。十月，出版《黃玉》《村上龍料理小說》。十一月，出版《快樂的網球講座》。

一九八九年二月 出版《朋友的rarirurelo》。五月，出版《大事件》。九月，出版《萊佛士酒店》。十月，電影《萊佛士酒店》上映。

《五分後的世界》

《其實你不懂愛》

《村上龍料理小說》

一九九〇年九月 出版《Ryu Book 現代詩手帖村上龍》。

一九九一年五月 出版《其實你不懂愛》。五月，出版《異色嘉年華》；出版《村上龍散文全集 1976-1981》，共三冊。九月，出版《超電導夜總會》。十月，出版《西波內——遙遠的古巴》。十一月，出版對談集《把世界當作我們的遊樂場》。

一九九二年一月 電影《黃玉》上映，後來在義大利淘米納影展中獲獎。二月，出版收錄電影劇本、專訪、製作筆記等等的《黃玉的誘惑》。三月，出版《長崎荷蘭村》《IBIZA》。四月，出版《龍言飛語》。八月，與坂本龍一合著的《朋友啊，來日再相逢》出版。十一月，出版明信片書《西裝・口紅・祕密通信》。

一九九三年一月 出版《ECSTASY》。三月，出版《斐濟的侏儒》。五月，出版《一桿進洞》。六月，出版《給不願當個「普通女孩」的妳》。七月，出版《音樂海岸》。

一九九四年一月 與椹木野衣的對談集《神存在於細節》出版。三月，出版《五分後的世界》《昭和歌謠大全》。十二月，出版《穿在乳頭上的洞》。

《寂寞國殺人》

《村上龍電影小說》

一九九五年五月 與山岸隆合著的《從超能力到能力》出版。六月，出版《村上龍電影小說》。十一月，出版《京子》。

一九九六年一月 出版《你不在了之後的東京物語》。三月，與坂本龍一合著的《蒙妮卡——音樂家之夢・小說家之夢》出版；電影《京子》上映，同時出版了收錄電影劇本、攝影日誌、訪談等資料的《京子的軌跡》。五月，出版《憂鬱症》《日向病毒——五分後的世界II》。十月，與山本容子合著的《神奇的珍妮佛》出版。十一月，出版《援助交際》。十二月，出版《初夜・重逢夜・最後一夜》。十二月，以《村上龍電影小說集》獲得第二十四屆平林泰子文學獎。

一九九七年三月 出版《白鳥》。六月，出版《試鏡》，發行《村上龍自選小說集1 供作消費的青春》（自選小說集已經出版至第八集）。七月，出版《奇妙的日子》。八月，出版《RYU，俱樂部——非夥伴的友人》。十月，出版《味噌湯裡》。

一九九八年一月 出版《寂寞國殺人》。六月，出版《如果過了作夢的年紀 村上龍 vs. 51個高中女生》。八月，出版《LINE》。九月，出版《網際網路——憂鬱的希望》。十二月，出版《一杯葡萄酒的真實》《Physical intensity 97—98, season》（已出版至第五集）；以《味噌湯裡》獲得第四十九屆讀賣文學獎。

《最後家族》

《希望之國》

《共生虫》

一九九九年四月 出版《從寂寞國朝向遙遠的世界足球》。六月，出版對談集《生命中難以承受之Salsa》。七月，與濱野由佳合著的《那些錢能買些什麼呢——泡沫狂想》出版。十一月，出版《JMM Vol.1 序幕・日本所選擇之路》（已出版至第十三集）。十二月，出版對談集《最前線 THE FRONT LINE》。

二〇〇〇年二月 出版《任誰都可以的戀愛》。三月，出版《共生虫》。五月，加入芥川獎選考委員會。六月，與法學院SM女郎藤木理惠的電子郵件通信集《為社會，為別人，當然同時也為自己》出版。七月，出版《希望之國》。九月，出版《希望之國小說採訪筆記》。十月，以《共生虫》獲得第三十六屆谷崎潤一郎獎。

二〇〇一年三月 出版《死神》《「教育崩壞」這個謊言》。七月，出版《THE MASK CLUB》。八月，出版《無用的女人》，與濱野由佳合著的《投資才有希望——十一個童話改變你的人生》出版。十月，出版《最後家族》《對立與自立——結構改革的衍生品》。十一月，出版《成為電子郵件高手》。十二月，出版《收縮的世界・閉塞的日本—— POST SEPTEMBER ELEVENTH》。

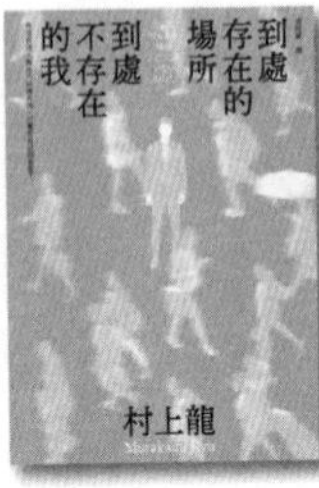

《到處存在的場所
到處不存在的我》

二〇〇二年一月 出版《為免被騙，所以我學經濟》。五月，出版《惡魔傳球天使射網》。五月，與中田英壽的對談集《文體與傳球的精準度》出版。六月，出版《日圓貶值＋通貨膨脹＝黎明抑或惡夢？》。十月，出版《戀愛的等級》。十二月，出版《總體・日本經濟到個體・你自身》。

二〇〇三年一月 出版《自殺不如做愛》。三月，出版《啟蒙宣言》。四月，出版《到處存在的場所　到處不存在的我》。

二〇〇五年《衝出半島》描寫北韓叛軍的旗號佔領了正在舉行球賽的福岡巨蛋，以全場觀眾作為人質，拿北韓作為對比，凸顯日本日益嚴重的社會、經濟、政治等各方面問題的長篇小說，獲第五十九回每日出版文化獎、第五十八回野間文藝獎。

二〇一〇年 設立銷售製作電子書公司 G2010。

二〇一一年 出版《唱歌的鯨魚》，獲每日藝術獎。

《老人恐怖分子》

《55 歲開始的 Hello Life》

★村上龍中文繁體字版皆由大田出版獨家出版。

二〇一一至二〇一四年 在文藝春秋連載《老人恐怖分子》（總共三十九回）。

二〇一二年 幻冬社出版《55歲開始的 Hello Life》。

二〇一五年 文藝春秋出版《老人恐怖分子》。

日文系 052

到處存在的場所 到處不存在的我

作者—村上龍
譯者—張致斌
出版者—大田出版有限公司
台北市一〇四四五中山北路二段二十六巷二號二樓
E-mail—titan3@ms22.hinet.net http://www.titan3.com.tw
編輯部專線—(02) 2562-1383 傳真:(02) 2581-8761
總編輯—莊培園
副總編輯—蔡鳳儀
行銷編輯—陳映璇
校對—金文蕙
二版—二〇一九年八月一日 定價:二八〇元
總經銷—知己圖書股份有限公司
台北—台北市一〇六大安區辛亥路一段三十號九樓
TEL:02-23672044/23672047 FAX:02-23635741
台中—台中市四〇七西屯區工業三十路一號一樓
TEL:04-23595819 FAX:04-23595493
E-mail—service@morningstar.com.tw
網路書店—http://www.morningstar.com.tw
讀者專線—04-23595819#230
郵政劃撥—15060393(知己圖書股份有限公司)
印刷—上好印刷股份有限公司
國際書碼—978-986-179-567-6 CIP:861.57/108008888

國家圖書館出版品預行編目資料

到處存在的場所 到處不存在的我/村上龍著;張致斌譯.
——二版——臺北市:大田,2019.08
面;公分.——(日文系;052)

ISBN 978-986-179-567-6(平裝)

861.57 108008888